Rainer Vollath

Zwei Lieben

Roman

Querverlag

Erste Auflage März 2010

Umschlag und grafische Realisierung von Sergio Vitale unter Verwendung eines Fotos von Vision/Krasnig (Getty Images)
Gesamtherstellung: Norhaven A.S.
ISBN 3-89656-175-6
Printed in Denmark

Bitte fordern Sie unser Gesamtverzeichnis an:
Querverlag GmbH und Salzgeber & Co. Medien GmbH
Mehringdamm 33, 10961 Berlin
www.querverlag.de • www.salzgeber.de

Für Ralf

Der Überlebende

nach Auschwitz

Wünscht mir nicht Glück
zu diesem Glück
dass ich lebe

Was ist Leben
nach so viel Tod?
Warum trägt es
die Schuld der Unschuld?
die Gegenschuld
die wiegt
so schwer
wie die Schuld der Töter
wie ihre Blutschuld
die entschuldigte
abgewälzte

Wie oft
muss ich sterben
dafür
dass ich dort
nicht gestorben bin?

Erich Fried

Lasst jede Hoffnung,
die ihr mich durchschreitet.

Dante Alighieri: *Die Göttliche Komödie*

Der Albtraum

„Los! Raus hier!“, schrien Plaudt und Eichensee gleichzeitig und rissen Fritz die Decke vom Leib. Mit ihrem Gebrüll weckten sie die ganze Baracke.

Auf einmal saßen die Häftlinge in ihren gestreiften Nachthemden aufrecht auf den Etagenpritschen und blickten abwechselnd auf die beiden SS-Männer und Fritz, der auf einem der unteren Betten lag.

„Lasst mich!“, flehte Fritz. „Lasst mich!“

Plaudt und Eichensee zerrten ihn nach draußen, rissen ihm das Nachthemd vom Leib, dass er nackt im Schnee stand, und befahlen ihm stillzustehen. Plaudt holte einen Eimer kaltes Wasser und goss es über ihn. Fritz schrie auf.

„Du bleibst hier, bis wir dich holen!“ Eichensee lachte. „Jetzt können dich deine warmen Brüder von den Fenstern der Baracke aus bewundern.“ Wieder lachte er.

„Das magst du doch, wenn dich junge Männer nackt sehen“, sagte Plaudt.

Fritz zitterte am ganzen Leib.

Es war noch dunkel. Fritz war schweißgebadet. Er brauchte eine Weile, bis ihm klar wurde, dass er wieder einmal geträumt hatte. Was für eine Erleichterung! Er lag in seinem Schlafzimmer. In seiner Wohnung. In Berlin. In Schöneberg.

Der Schweißausbruch hatte ihn durstig gemacht. Er stand auf und lief ins Badezimmer. Dort füllte er den Zahnputzbecher bis zum Rand mit Wasser und leerte ihn hastig. Dann legte er sich ins Bett, konnte aber nicht einschlafen.

Das Parkett in der Wohnung über ihm knarrte. Frau Küstenfeld lag also ebenfalls wach. Zunächst war das Knarren deutlich zu vernehmen. Sie musste in ihrem Schlafzimmer sein. Dann wurde es leiser. Fritz hörte die Klospülung.

In Sachsenhausen, erinnerte sich Fritz, waren die Homosexuellen, die einen rosa Winkel tragen mussten, in ein und derselben Baracke untergebracht, die von allen nur der „rosa Block" genannt wurde. Mindestens hundert Mann waren sie. Die ganze Nacht über blieben in ihrer Baracke die dunklen Funzeln brennen. In den anderen Blocks, in denen die Häftlinge mit dem roten und grünen Winkel schliefen – die Politischen und Kriminellen –, löschte die SS nachts das Licht. Selbst da, wo die mit dem braunen und gelben Winkel schliefen – die Zigeuner und Juden –, die im KZ als der unterste Abschaum galten, war es nachts dunkel.

„Damit ihr keine Schweinereien treibt!", hatte Eichensee zu den Homosexuellen im rosa Block gesagt. Es war strengstens verboten, die Hände unter der Decke zu haben, und wer, wie Fritz, dagegen verstieß, der wurde bestraft.

Als Eichensee und Plaudt Fritz nach einer halben Stunde in die Baracke zurückbrachten und auf seine Pritsche warfen, vergrub er sein Gesicht in dem mit Stroh gefüllten Kissen. Leise schluchzte er. Er spürte die warmen Tränen auf seinem kalten Gesicht; sein Körper war taub. Es dauerte lange, bis er ein erstes Kribbeln in Fingern und Zehen spürte, das ihm verriet, dass er noch lebte.

Heinz, ein Medizinstudent aus Wien, der am gleichen Tag wie Fritz nach Sachsenhausen gebracht worden war, setzte sich auf dessen Pritsche und streichelte ihm lange über den kahl geschorenen Kopf.

„Das wird schon wieder. Du bist ein zäher Bursche", tröstete er ihn. „Viele hätten das gar nicht ausgehalten."

Dadurch, dass er auf Fritz' Pritsche saß, lief Heinz Gefahr, die gleiche Strafe zu bekommen, wenn er von Eichensee und Plaudt erwischt würde, doch zum Glück kamen sie in dieser Nacht nicht zurück.

Vor seiner Inhaftierung war Heinz mit einem Jurastudenten aus Deutschland liiert gewesen, dessen Vater ein ranghoher Nazi war. Beide verkehrten nie in einschlägigen Lokalen und lebten ihre Beziehung heimlich. Dennoch verhaftete die Gestapo Heinz kurz nach dem Anschluss Österreichs, steckte ihn in Untersuchungshaft und, als er nach sechs Monaten entlassen werden sollte, ins KZ. Von seinem Freund hatte er seitdem nie wieder gehört.

Es wurde heller im Schlafzimmer. Fritz konnte die Konturen der Möbel langsam erkennen. Sie waren nicht mehr schwarz, sondern grau-weiß. Er hörte die ersten Autos. Frau Küstenfelds Schritte vernahm er nicht mehr. Sie musste wieder ins Bett gegangen sein. Die Glückliche schläft, dachte er. Und ich, ich liege immer noch wach.

In Sachsenhausen war Fritz dieses eine Mal bestraft worden, und zwar gleich in der ersten Woche. Er erinnerte sich daran, als wäre es gestern gewesen. Obwohl dieses schreckliche Ereignis dreißig Jahre zurücklag, tauchte es in seinen Träumen immer wieder auf. Immer wieder zuckte er nachts zusammen, erwachte und zog hastig seine Arme unter der Bettdecke hervor. Dann erst bemerkte er, dass er gar nicht im KZ lag.

Von draußen drang helles Tageslicht durch das Fenster, doch Fritz konnte immer noch nicht wieder einschlafen. Sollte er aufstehen? In der Wohnung über ihm hörte er erneut das Knarren des Parketts. Der Autolärm nahm zu. Zum Glück war Wochenende. Er musste nicht ins Büro, und so blieb er im Bett und stand erst gegen Mittag auf.

Paragraf 175. Die magische Zahl 175 hatte ich zum ersten Mal gehört, als ein Schüler der Parallelklasse als 175er bezeichnet wurde.

Napoleon Seyfarth: *Schweine müssen nackt sein*

Die Radiomeldung

Fritz entfernte die Triebe von der Zwiebel, schälte sie, schnitt sie in Würfel und gab sie in die Pfanne. Er fügte die Kartoffeln, die er schon vor Tagen gekocht hatte, hinzu und briet sie viel zu lange, sodass sie ganz braun wurden. In seine Nase drang der stechende Geruch von Verbranntem. Dann würzte er die Kartoffeln mit Salz und Pfeffer. Gerne hätte er zwei Spiegeleier dazu gegessen, hatte aber vergessen, welche einzukaufen.

Es war fünf vor eins. Fritz schaltete das Radio ein, wie immer, wenn er am Wochenende zu Hause war.

Er setzte sich an den Tisch gegenüber der Balkontür und aß aus der Pfanne, unter die er ein altes Holzbrett gelegt hatte. Dazu trank er ein Bier. Aus der Flasche, denn er war zu faul aufzustehen, um ein Glas zu holen. Da ihm das Bier so gut schmeckte und, wie er fand, auch guttat, trank er gleich ein zweites. Als er mit dem Essen fertig war, rülpste er kurz, holte aus der Tischschublade eine benutzte Papierserviette hervor und wischte sich den Mund ab. Allmählich spürte er die Wirkung des Alkohols.

In Fritz' Küche stapelte sich das Geschirr. An Tellern und Besteck klebten angetrocknete Essensreste, und an den Fliesen über dem Herd waren Spritzer vom Bratfett. Auf dem Tisch lagen seit Tagen Krümel, und Fruchtfliegen schwirrten über dem verschrumpelten Obst in der Schale auf dem Fensterbrett. Im Kühlschrank verdarben die Lebensmittel, und ein unangenehmer Geruch schlug Fritz entgegen, wenn er die Tür öffnete.

Es war Punkt eins. Der Sender Freies Berlin brachte seine Nachrichten.

Fritz machte sich an den Abwasch. „Die große Koalition plant zum 1. September 1969 eine Gesetzesänderung: Der Paragraf 175 soll novelliert und entschärft werden", verkündete die sonore Stimme des Nachrichtensprechers. „Homosexuelle Handlungen zwischen Personen über einundzwanzig werden zukünftig nicht mehr unter Strafe gestellt. Nur noch gleichgeschlechtliche Handlungen mit Minderjährigen gelten dann als Vergehen."

Fritz horchte auf. Er hielt inne und stand, den Teller in seiner mit Schaum bedeckten Hand, bewegungslos vor dem Spülbecken.

„Homosexuelle Handlungen sind in Zukunft nicht mehr strafbar", sagte er leise vor sich hin. Er war überrascht und konnte nicht glauben, was er soeben gehört hatte. Er drehte den Wasserhahn auf, um warmes Wasser nachlaufen zu lassen, und im Gasboiler züngelte eine kleine Flamme.

Mit noch nassen Händen, die er sich an der Hose abwischte, ging Fritz in die Diele, vorbei an der überladenen Garderobe, an der noch Kleidung vom Winter hing, und holte seine dunkelblauen Tanzschuhe aus dem Schränkchen. Er putzte schnell mit einem alten Tuch darüber, steckte sie in seinen Rucksack und zog sich an, ohne seinen Schirm zu vergessen, denn es nieselte an diesem wolkenverhangenen Sommernachmittag. Er schaltete das Radio aus und begab sich zur U-Bahn am Nollendorfplatz, mit der er nach Wilmersdorf fuhr.

Die mit Eiche vertäfelten Wände und die schwere Holzdecke im Tanzcafé *Paarschritt* verliehen dem Raum etwas Rustikales, Dunkles und Erdrückendes. Über diesen Eindruck konnten auch die vertikalen Spiegelflächen an den Wänden, die den Raum größer wirken lassen sollten, nicht hinwegtäuschen.

Huberta konnte er nirgends sehen. Wahrscheinlich hatte ihr Mann, ein Bankdirektor mit Villa in Zehlendorf, heute endlich mal wieder für sie Zeit, und so musste sie etwas mit ihm unternehmen. Vielleicht kamen auch ihre Kinder zu Besuch.

Ein junger Mann mit langen, buschigen Koteletten und einem Pilzkopf wie die Beatles legte *Junge, komm bald wieder* von Freddy Quinn auf. Er trug eine eng anliegende Jeans mit weit auslaufenden Hosenbeinen und ein rotes Hemd mit Puffärmeln aus einem silbrig glitzernden Stoff.

Fritz tanzte zuerst mit einer Frau seines Alters, die durch ihr grün kariertes Minikleid auffiel, einen Langsamen Walzer. Sie kam aus Steglitz und war regelmäßig im *Paarschritt*. Die Frau tanzte gut, lag wie eine Feder in seinen Armen und stellte keine Fragen.

Fritz dachte wieder an die Radiomeldung. Homosexuelle Handlungen sind in Zukunft nicht mehr strafbar, wiederholte er in Gedanken. Wenn so etwas im Radio kam, konnte es keine Falschmeldung sein.

Nach einer Pause – es folgte Damenwahl – tanzte er einen Wiener Walzer mit einer untersetzten Unbekannten, die sich nicht führen ließ und ihm den linken Arm unentwegt nach unten drückte, sodass er schon einen Muskelkater zu spüren glaubte. Sie lag wie ein Stein in seinen Armen. Zum Glück dauerte der Walzer nur kurz, und er konnte sie bald an ihren Platz führen. Selten hatte er einen Tanz als so endlos lang empfunden wie diesen.

Im *Paarschritt* herrschte stets Frauenüberschuss. Von den wenigen Männern, die sich hierher verirrten, tanzten die meisten wie Sandsäcke. Unter den wenigen guten Tänzern galt Fritz als der Star. Mit der Radiomeldung im Kopf fühlte er sich heute noch besser als sonst.

Fritz sah in einen der Spiegel an den Wänden und fand, dass er mit seinen sechzig Jahren noch gut aussah. Während die meisten Männer in seinem Alter einen dicken Bauch hatten, war er ganz schlank. Zwar hatte er nicht mehr viele Haare auf dem Kopf, dafür waren sie im Gegensatz zu denen vieler seiner Altersgenossen nicht weiß, sondern braun. Zugegeben: Bei der Haarfarbe half er etwas nach.

Fritz gelangte jetzt zu der Einsicht, dass die Radiomeldung der Wahrheit entsprach, und stellte sich vor, was sie für ihn bedeutete. Würde er endlich einen Freund finden? Würde er andere Homosexuelle kennenlernen? Vielleicht in der Arbeit? Im Kiez? Könnte er sich endlich doch den Arbeitskollegen und Tänzern im *Paarschritt* als Homosexueller zu erkennen geben?

Auf einmal fühlte er sich ganz leicht. Seine Beine schienen zu schweben, und seinen Rumpf spürte er überhaupt nicht mehr. Auch sein Gesicht wurde ganz locker, und unweigerlich hoben sich seine Wangen und die Winkel seines Mundes zu einem sanften Lächeln.

Dann folgte sein Lieblingstanz, der Tango. Erhobenen Hauptes führte Fritz seine neue Partnerin über das Parkett, dabei den linken Ellenbogen und die rechte Hand weit von sich streckend. Sie tanzten so gut, dass die anderen Paare bald ihren Tanz abbrachen, einen Kreis um sie herum bildeten und nur noch ihre Schritte bewunderten. Fritz war stolz. Er führte seine Partnerin vom Grundschritt in die Promenade mit dem Wiegeschritt und von der Promenade mit dem Wiegeschritt in den Grundschritt zurück und vergaß dabei nicht, hin und wieder eine elegante Drehung für sie einzubauen. Bei den letzten Takten beugte er sich über sie, sie warf sich in seinem Arm zurück, und zwar so tief, dass ihr langes Haar den Boden berührte. Für dieses Finale bekamen sie viel Applaus.

Als Fritz am Abend im Bett lag, fühlte er sich immer noch so gut. Seine Beine schwebten nach wie vor, obwohl er im Bett lag, und auf seinem Gesicht erstrahlte immer noch das Lächeln. Er ließ den Tag Revue passieren und fand ihn schön. Die Radiomeldung tauchte wieder in seinem Kopf auf: Die Zeit der Verfolgung, der Unterdrückung und Heimlichtuerei – würde sie jetzt endlich vorbei sein? Keine Razzien mehr in Männersaunen? Ein Ende mit den Polizeikontrollen in Parkanlagen und auf öffentlichen Toiletten? Ausgehen ohne Geheimcodes in jeder x-beliebigen Kneipe?

Fritz hätte nie geglaubt, dass er das noch erleben würde. Schade, dass das alles erst jetzt geschah, jetzt, wo der Großteil seines Lebens vorüber war. Gut hätte er gefunden, wenn es früher passiert wäre. Doch wie heißt es im Sprichwort, dachte Fritz: Lieber spät als nie.

Der Junge füllte die Gläser neu. Dieses Mal wussten die Brüder und Schwestern, dass es sich bei dem Getränk nicht um Wein handeln konnte, denn es sprudelte.

Tania Blixen: *Babettes Fest*

Das Jubiläum

Fritz konnte vor Nervosität nicht frühstücken. Er trank nur eine Tasse Melissentee und ging mehrmals aufs Klo, um immer nur ein paar Tröpfchen zu pinkeln. Heute feierte er sein fünfundzwanzigjähriges Dienstjubiläum. Er zog seinen dunklen Anzug an – was er sonst für die Arbeit nie tat – und nahm die beiden großen Plastiktüten mit, in denen sich Weißwein, Sekt und mehrere Dosen Pfirsiche für eine Bowle und Erdnüsse, Chips und Brezeln befanden. Um fünf würde es einen Umtrunk geben.

Wie jeden Morgen saß Fritz auch an diesem Tag um acht in seinem Büro am Kurfürstendamm. Eigentlich war ihm gar nicht klar, warum er damals als Fünfzehnjähriger bei einer Versicherung anfing. Er wusste nur, dass er nicht wie sein Vater Handwerker werden wollte, und so hatte er sich bei der Versicherung beworben. Groß darüber nachgedacht hatte er nie. Auch hätte er nichts anderes, vielleicht auch nichts Besseres gewusst.

Fritz öffnete einen Brief. Ein gewisser Dr. Klanxbek aus Hamburg hatte ein reetgedecktes Friesenhaus in Rantum auf Sylt geerbt, das er als Feriendomizil nutzte. Er schrieb, dass das Anwesen bei einem Unwetter großen Schaden genommen habe. Ein Sturm habe weite Teile des Daches abgedeckt, Dachbalken seien in die Wohnräume gestürzt und hätten Möbel und Elektrogeräte unter sich begraben. Der daraufhin eindringende Regen habe das Haus unter Wasser gesetzt. Unter anderem seien ein Kleid von Dior, ein komplettes Service aus Meißner Porzellan – es handele sich um das berühmte Zwiebelmuster aus Kobalt – und kostbare Lebensmittel wie Austern der Marke Sylter Royal und russischer Kaviar vom Kaspischen Meer dem Unglück zum Opfer gefallen.

Mindestens zehn solcher Fälle bearbeitete Fritz jeden Tag.

Er blickte von seinem Schreibtisch auf und starrte an die gegenüberliegende Wand. Er kaute an seinen Nägeln und dachte dabei über den Fall nach. Dann griff er in die klemmende Schublade seines Schreibtisches, der noch aus der Zeit stammte, bevor er in die Versicherung eingetreten war, und zog ein Schadensersatzformular heraus, das er Dr. Klanxbek schickte.

Von Montag bis Freitag, von acht bis fünf, unterbrochen von einer Stunde Mittagspause zwischen zwölf und eins, saß Fritz in seinem Büro. Fiel einmal mehr Arbeit an, blieb er länger. Als Sachbearbeiter im Bereich Hausratversicherung nahm er sich der Schadensersatzansprüche von Kunden aus dem gesamten Bundesgebiet an. Allerdings betreute er, da die Versicherung sehr viele Kunden hatte, nur die Buchstaben H bis M. Einerseits störte ihn im Büro die Routine, immer das Gleiche und das Tag für Tag, andererseits aber mochte er sie, denn sie gab ihm Sicherheit.

In der Mittagspause setzte Fritz die Bowle an. Er begoss die Pfirsichhälften mit Weißwein und kippte zum Schluss eine Flasche Sekt in das große Glasgefäß. Dann stellte er es in den Kühlschrank. Zum Glück hatten weder Sekt noch Wein Flecken auf seiner Krawatte hinterlassen. Die Aufregung vom Morgen war wieder da. In vier Stunden würde es so weit sein.

Fritz teilte das Büro mit Uta Brackmann und Gregor Danner. Uta Brackmann war um die fünfzig und bestand darauf, mit Fräulein angesprochen zu werden. Erst vor Kurzem hatte sie bei einem bundesweiten Schreibmaschinenwettbewerb einen der vorderen Plätze belegt. Sie war auf 450 Anschläge pro Minute gekommen und hatte sich damit für die Europameisterschaften in Budapest qualifiziert. Fritz fand es toll, dass sie so schnell tippen konnte. Ab und zu füllte sie das eine oder andere Formular für ihn aus, für das er doppelt so lange brauchen würde. Das beharrliche Geratter ihrer Schreibmaschine störte ihn aber oft, und er war froh, wenn sie telefonierte und er für ein paar Minuten das nervenaufreibende Geräusch nicht ertragen musste.

Da bevorzugte Fritz schon eher das gemächliche Zweifingersystem Gregor Danners. Unangenehm nur, dass Danner im Büro mindestens eine Schachtel Zigaretten pro Tag rauchte. Fritz bekam von dem Rauch oft Kopfschmerzen, beschwerte sich aber nicht. Der hat ja sonst nichts im Leben, dachte er. Da kann ich ihm nicht auch noch das Rauchen verbieten. Danner war im Krieg durch Granatsplitter so schwer am rechten Bein verwundet worden, dass es bis übers Knie amputiert werden musste.

„Bin ich froh, dass es '44 am Kurischen Haff so gekommen ist", sagte er einmal zu Fritz. „Wegen der Verwundung haben sie mich von der Ostfront nach Berlin gebracht. Wäre ich dort geblieben, hätte mich der Russe abgeschlachtet wie meine Kameraden. Keiner von denen kam lebend zurück."

Die Hose an Danners amputiertem Bein war immer umgeschlagen und mit einer Sicherheitsnadel auf der Höhe des Oberschenkels am Stoff befestigt. Im Büro benutzte er einen Rollstuhl. Wenn er sich dann abends auf den Weg nach Hause machte, humpelte er auf Krücken zum Bus.

Endlich war es fünf Uhr. Die Feier von Fritz' Dienstjubiläum begann.

Abteilungsleiter Theo Feltow, fünfzehn Jahre jünger als Fritz und erst seit einem halben Jahr in der Abteilung, hielt eine kurze Rede.

„Herr Weiss, wir danken Ihnen für Ihren jahrelangen Einsatz in unserem Haus", sagte er, obwohl er Fritz kaum kannte. Er wies darauf hin, dass Fritz aufgrund seiner langjährigen Berufserfahrung in der Firma ein geachteter Mitarbeiter sei, den seine Kollegen gerne um Rat fragten. Feltow überreichte Fritz einen Präsentkorb mit einer Flasche Schnaps und zwei Flaschen

Rotwein, einer Ananas, Schokolade, mehreren Konservendosen und einem Gruppenfoto mit den Mitgliedern der Abteilung, das beim letzten Betriebsausflug aufgenommen worden war. Sie stießen mit der Pfirsichbowle an und lobten ihren guten Geschmack. Dann verabschiedete sich Feltow auch schon und eilte zum nächsten Termin.

Rose Cohen, die Sekretärin der Abteilung, hatte belegte Brötchen vorbereitet. Die schmächtige, stets traurig wirkende Frau war wie immer überaus korrekt gekleidet. Auch heute trug sie ihr schwarzes Kostüm mit einer weißen Bluse und darüber eine Perlenkette.

Dann packte Fritz die Knabbereien aus und präsentierte sie seinen Kollegen. Alle unterhielten sich noch ein wenig und nach einer Dreiviertelstunde verabschiedeten sie sich von ihm. Fritz war froh, dass ihn mittlerweile keiner mehr fragte, ob er eine Freundin habe. Die Kollegen hatten sich mit dem Gedanken angefreundet, dass er ein eingefleischter Junggeselle sei, der es vorzog, alleine zu leben. Über die Arbeit hinaus unternahm Fritz mit ihnen sowieso nichts.

Am frühen Abend war ich in der Bülowstraße.
Im Sportpalast war eine große Versammlung der Nazis gewesen,
und die Männer und Jungen kehrten in ihren
braunen oder schwarzen Uniformen soeben zurück.

Christopher Isherwood: *Leb wohl, Berlin*

Die Zicke

Fritz saß mit Otto und Paul in der *Zicke*, seiner Lieblingskneipe. Die Gäste waren aufgeregt, denn am Vormittag hatte Hindenburg Hitler zum Reichskanzler ernannt und vorhin am Abend waren viele Nazis, mit braunen Hemden bekleidet, in einem langen Fackelzug singend durch das Brandenburger Tor marschiert.

Die Gäste in der *Zicke* redeten wirr durcheinander.

„Unter den Nazis wird es nicht so schlimm", meinten die einen.

„Hitler wird sich nicht lange halten", sagten andere.

Wieder andere wirkten enttäuscht, saßen wortlos am Tisch, ließen ihre Schultern hängen und blickten mutlos in ihre Gläser.

Wie freizügig Berlin in den zwanziger Jahren war, dachte Fritz. Die Kneipen, Nachtclubs und Travestie-Bars schossen damals wie Pilze aus dem Boden. Besonders in Schöneberg, wo er aufgewachsen war, gab es an jeder Ecke Lokale und Etablissements für Homosexuelle, in denen er regelmäßig verkehrte.

Und jetzt? Jetzt hatte sich vieles zum Schlechten entwickelt. Die SA zettelte Saal- und Straßenschlachten an, und die Nazis begingen immer mehr Gewalttaten, auch gegen Homosexuelle. Fritz hatte Angst, wenn er nachts durch die Straßen Berlins ging. Angst, auf einen der SA-Trupps zu stoßen und zusammengeschlagen zu werden. Wenn auf seinem Nachhauseweg Gruppen von Männern auftauchten, versteckte er sich in einem Hinterhof oder nahm einen Umweg, um ihnen nicht in die Arme zu laufen.

Aber einen Zufluchtsort hatte Fritz ja noch: Die *Zicke*, wo er sich regelmäßig mit Otto und Paul traf. Diese Kneipe war ein schriller Laden. Ihr Pächter hieß Gerald Scheideck, wurde aber von allen nur Geraldine genannt. Geraldine verkleidete sich gerne als Frau und gab dann die verrücktesten Travestie-Einlagen zum Besten. Sie trat als Lilian Harvey auf, als Anny Ondra oder Zarah Leander, die in Deutschland gerade bekannt wurde.

In dem extravagant eingerichteten Lokal standen menschengroße Wachsfiguren, meist Gestalten aus der Politik, darunter viele prominente Nazis. Das Besondere an diesen Figuren war, dass die Männer als Frauen dargestellt waren. So trug Hitler die Frisur von Magda Goebbels und ein Kleid, wie Emmy Sonnemann es geliebt hätte. Über den Lippen aber klebte sein unverkennbarer Schnurrbart. Göring sah aus wie Adele Sandrock, hatte aber, da er jünger und dicker war, etliche Falten weniger als die betagte Schauspielerin. Mit seiner runden Nickelbrille glich Himmler der englischen Königin Mary und hatte über dem langen, schwarzen Kleid mindestens zwanzig Perlenketten um den Hals. Am komischsten aber wirkte Goebbels in seiner typischen Rednerpose. Die glatten, dunklen Haare waren nach hinten zu einem Dutt geknotet, und er trug ein Tutu. Unter den Spitzen ragte ein riesiger Schuh hervor, der auf seinen Klumpfuß anspielte. Kein Wunder, dass die Nazis das Lokal hassen, dachte Fritz und fragte sich, wie lange die Wachsfiguren noch in der *Zicke* stehen würden.

„Wartet ab, bald machen sie den Laden dicht", warnte Fritz. „Hitler will uns loswerden. Mit unserer Freiheit und Freizügigkeit ist es bald vorbei!"

Otto und Paul blickten ihn skeptisch an.

„Hört euch nur ihre Parolen an: ‚Reinerhaltung der Familie', ‚Reinheit des Körpers'. Was weiß ich, was sie nicht noch alles verkünden. In so einer Welt haben wir nichts verloren. Die wollen nur Leute, die kleine, blonde Knaben in die Welt setzen, ganz nach dem Motto: ‚Schenkt dem Führer ein Kind!' Ich frag mich nur, wie er das machen will: Soll jetzt jede deutsche Frau zu ihm nach Berlin kommen oder fährt er durchs Reich?", witzelte Fritz.

Dann schnitt er eine Grimasse, die Abscheu ausdrücken sollte. „Männer, die Männer lieben, haben in ihrer Welt nichts verloren."

„Jetzt mal doch nicht gleich den Teufel an die Wand", warf Paul ein und sah Fritz und Otto durch seine dicke Brille, die seine Augen viel zu groß erscheinen ließ, an.

„Hitler darf man nicht so ernst nehmen. Der ist nur eine Witzfigur."

Paul schien von dem, was er sagte, absolut überzeugt zu sein. „Ich sage dir, der ist schneller wieder weg, als du denkst, so wie die anderen Reichskanzler auch. Schau sie dir doch an: Brüning, Papen, Schleicher und wie sie alle heißen. Keiner hat sich lange gehalten: Papen ein halbes Jahr, Schleicher nicht mal zwei Monate. Und Hitler, der wird schneller weg sein als seine Vorgänger."

Paul machte eine Pause. „Erinnerst du dich nicht mehr, was von Papen gesagt hat? ‚In zwei Monaten haben wir Hitler in die Ecke gedrückt, dass er quietscht.'"

„Das glaubst du?", fragte Fritz. „Ich würde dir gerne recht geben, aber du täuschst dich."

„Keine Panik!" Otto unterstützte Paul, und ein spöttisches Lächeln erschien um die Mundpartie seines mit zahllosen Sommersprossen überzogenen Gesichts. „Engste Freunde von Hitler sind schwul. Denkt doch an Röhm, der ist ein Duzfreund von ihm. Die ganze SA-Prominenz ist schwul ... Heines, Heydebreck, Spreti ... sogar August Wilhelm, der Kaisersohn ... Die haben wir auf jeden Fall auf unserer Seite. Und heißt es nicht immer, dass der Schirach was mit Jungs hat? Nicht umsonst ist der Reichsjugendführer."

Fritz erwiderte nichts. Er wusste, wie Himmler und Göring über Homosexuelle dachten, wenn sie auch so taten, als ob Röhm einer von ihnen wäre. Wie gerne hätte er seinen Freunden geglaubt, doch er konnte nicht.

Sie bestellten ein weiteres Bier.

Und Fritz sollte recht behalten. Bereits nach kurzer Zeit schlossen die Nazis alle Einrichtungen für Homosexuelle. Es gab nur noch Lokale, die mit den Werten der NSDAP vereinbar waren. Bereits im Juni 1933 bekam die *Zicke* einen neuen Pächter. Als Fritz an dem Lokal vorbeiging, sah er, dass es jetzt *Zum Lamm* hieß und ein Speiselokal war, in dem überwiegend Nazis verkehrten. Über dem Eingang stand:

„Trittst als Deutscher Du hier ein,
soll Dein Gruß ‚Heil Hitler' sein."

Geraldine war mittlerweile in die Schweiz gereist. Sie mache dort Urlaub, meinte Paul erfahren zu haben. Dann setzte sie ihre Reise nach Südfrankreich fort und fuhr mit einem Dampfer nach Amerika, wo ein Onkel von ihr lebte. Nach Deutschland kehrte sie nie wieder zurück.

Sie bewegte sich vor ihm hin und her,
vorwärts und rückwärts, schreitend und drehend,
ein Duft, der von ihrem Haar oder dem zarten, weißen Stoff
ihres Kleides ausging, berührte ihn manchmal,
und seine Augen trübten sich mehr und mehr.

Thomas Mann: *Tonio Kröger*

Huberta

Als Fritz an diesem Sonntagnachmittag zum Tanzen ins *Paarschritt* nach Wilmersdorf kam, sah er Huberta nach etlichen Wochen endlich wieder. Wie schön, sie in den Armen zu halten und ihren leichten und eleganten Körper zu berühren. Jeder ihrer Tanzschritte war ihm vertraut, und er tanzte den ganzen Nachmittag nur mit ihr.

Hätte sich Fritz zum anderen Geschlecht hingezogen gefühlt, so wäre Huberta seine Traumfrau gewesen. Er liebte ihr lockiges Haar und ihre schlanke Figur, ihre agile Art und ihr selbstbewusstes Auftreten, ihr schönes Gesicht mit den Grübchen und ihren leicht geschminkten Mund mit den weißen, regelmäßigen Zähnen. Er kannte keinen Menschen, der so lange Wimpern hatte wie sie.

Sie tanzten Walzer, Wiener Walzer und Langsamen Walzer, seinen geliebten Tango und einen Jive. Dieser Tanz kam neu aus den USA und wurde erst seit Kurzem in Berlin getanzt. Fritz sah um sich herum Tänzer, die mit der raschen Schrittfolge nicht so gut zurechtkamen wie er, und so spürte er eine gewisse Genugtuung. Wie auf Glatteis schlitterten sie dahin, und wenn sie ihre zu schnell gewordenen Schritte abzubremsen versuchten, rutschten sie noch meterweit über die Tanzfläche hinaus. Eine Tänzerin stolperte sogar und riss ihren Partner mit sich, sodass das Paar mit einem lauten Knall zu Boden ging.

Schon als junger Mann war Fritz ein leidenschaftlicher Tänzer gewesen. Oft ging er mit Lili, einer lesbischen Freundin seines Freundes Paul, in eine der zahlreichen Tanzdielen, die es zur Zeit der Weimarer Republik in Berlin gab. So richtig zu seinem Hobby wurde das Tanzen aber erst nach dem Krieg, als sich die Latein- und Standardtänze durchsetzten und Anfang der sechziger Jahre das Welttanzprogramm mit seinen Regeln für Schrittabfolgen ins Leben gerufen wurde.

An diesem Nachmittag redete Huberta wie ein Buch. „Ich musste Giselher bei seinen offiziellen Bankterminen begleiten. Deshalb habe ich es nicht mehr geschafft, zum Tanzen zu kommen. Wir haben in den schicksten Restaurants gegessen. Glaub mir, Fritz, ich habe mindestens drei Kilo zugenommen. Gut, dass ich jetzt wieder tanzen gehe."

„Du hast nach wie vor eine sehr gute Figur, Huberta", meinte Fritz.

„Und wenn mal keine offiziellen Termine waren", fuhr sie fort, „dann kamen die Kinder zu Besuch – Giselher hatte ja erst vor drei Wochen seinen Sechzigsten – oder wir fuhren zu ihnen. Unsere Freya ist jetzt von Hamburg nach München gezogen. Da haben wir ihr natürlich beim Umzug geholfen und gleich einmal die Stadt und Oberbayern erkundet. Das Romanistik-Studium ist dort besser, und sie denkt, dass die Nähe zu Italien nicht schaden kann, wenn sie jetzt im Nebenfach Italienisch studiert. Sie hat in Schwabing ein nettes Apartment gefunden. Ganz in der Nähe vom Siegestor. Sie kann sogar zu Fuß zur Uni laufen. Aber meist nimmt sie das Rad."

Huberta holte kurz Luft. Dann fragte sie Fritz: „Warst du schon mal in Bayern?"

Sie hatte ihn kalt erwischt. Er musste an Flossenbürg denken und wusste in dem Moment nicht gleich, was er antworten sollte. Deshalb zögerte er. „Nein, ich bin nie dort gewesen", sagte er dann in langsamen Worten.

Er schämte sich seiner Lüge, und schon lief er an den Wangen rot an. Warum nur log er? Hätte er Huberta nicht die Wahrheit sagen können? Wäre nicht soeben der Zeitpunkt gewesen, endlich mit der Vergangenheit und mit der Wahrheit rauszurücken? Nie erzählte er ihr von sich, obwohl sie ihm ihr halbes Privatleben anvertraute. Jetzt hätte er doch die Gelegenheit dazu gehabt.

Schon erzählte Huberta weiter.

„Gunther hat zwar nicht den Studienort gewechselt, dafür aber den Studiengang", sagte sie. „Er studiert jetzt nicht mehr Jura, sondern BWL. Mir wäre es zwar lieber gewesen, wenn er Rechtsanwalt oder Richter geworden wäre, aber man muss die Kinder das machen lassen, was sie für richtig halten."

Fritz versuchte, verständnisvoll zu lächeln.

Huberta machte eine kurze Pause. „Und du, was hast du die ganze Zeit gemacht?"

Wieder zögerte Fritz. Dann sagte er: „Ach, nichts Besonderes. Jeden Tag das Gleiche. Ging jeden Tag ins Büro."

Fritz ärgerte sich. Auch diese Gelegenheit hatte er ungenutzt vorübergehen lassen, ohne von sich und seinem Privatleben zu erzählen. Huberta hätte doch gewiss für alles Verständnis ... dass er im KZ war ... dass er sich zu Männern hingezogen fühlte.

„Du, Fritz", unterbrach Huberta seine Gedanken. „Ich wollte dir unbedingt erzählen, dass im Mai in Charlottenburg ein Tanzturnier stattfindet. Was denkst du: Wollen wir da nicht mitmachen?"

„Gute Idee", sagte Fritz begeistert. „Dann müssen wir in den nächsten Wochen aber fleißig üben."

„Kein Problem", antwortete sie. „Ich habe viel Zeit. Freyas Umzug ist vorbei, und auch Giselhers offizielle Termine sind jetzt weniger. Wir können gerne ein Mal pro Woche zusätzlich üben, vielleicht sogar ein paar Tanzstunden nehmen."

Fritz gefiel die Idee mit dem Tanzturnier und spürte sogleich enormen Tatendrang in sich. Er hatte auf einmal ein Ziel vor Augen, auf das es sich lohnte hinzuleben. Er merkte großen Ehrgeiz in sich aufkommen. Vielleicht würden sie das Turnier ja sogar gewinnen?

Huberta und Fritz entschieden, die Tanzstunden immer mittwochs zu nehmen, und zwar bei der Tanzschule Schlüter in der Uhlandstraße, die für sie beide gut zu erreichen war.

Sie trinken ihr Bier und sehen sich tief in die Augen.
An der Theke lehnen sie dicht nebeneinander.
Ich kann ihnen wohl ansehen, dass sie „so“ sind.
Dennoch wirken sie natürlich, unauffällig, einfach.
Vielleicht sind sie nur ein wenig sentimentaler.

Hubert Fichte: *St. Pauli-Geschichte*

Im ZHM

Es schneite, als Fritz vom Büro nach Hause fuhr. Er stieg am Nollendorfplatz aus und ging die Motzstraße entlang. Er wollte gerade in die Eisenacher Straße einbiegen, wo seine Wohnung lag, als er plötzlich stutzte. Aus dem Augenwinkel heraus sah er an der Tür eines Ladenlokals einen rosa Winkel. Es handelte sich aber nicht um so einen, wie er ihn im KZ tragen musste, sondern um einen, der auf dem Kopf stand.

Was soll das? fragte er sich. Nie wieder in seinem Leben wollte er so einen Winkel sehen! Sollte er die Polizei verständigen? Den Besitzer des Ladenlokals anzeigen? Dies war der Gebrauch eines Nazi-Symbols. Hatten Alt-Nazis ausgerechnet in Schöneberg ein neues Parteibüro? Fritz fiel ein, dass die NPD bei den letzten Bundestagswahlen nur knapp die Fünf-Prozent-Hürde verfehlt hatte. Ihm wurde mulmig zumute.

Schnell wollte er weitergehen, doch etwas hielt ihn, und so drehte er den Kopf langsam zur Seite. An der Tür des Ladenlokals stand in großen Lettern „ZHM“. Darunter, etwas kleiner „Zentrum homosexueller Männer“.

Fritz blickte um sich und prüfte, ob sich Passanten in der Nähe befanden. Dann trat er einen Schritt nach vorne. Der Schnee knirschte. Die Scheiben des ZHM waren bis auf Augenhöhe aus geschliffenem Glas, durch das er nicht sehen konnte. Er trat so nahe an die Scheibe, dass sie von seinem Atem beschlug, und stellte sich auf die Zehenspitzen, um in das Innere des Ladenlokals zu blicken.

Mindestens zwanzig Männer standen in dem verrauchten Halbdunkel. Die einen hatten lange Haare und Bärte, dazu karierte Hemden, und wirkten alternativ. Andere trugen über den Jeans nur ein eng anliegendes Rippunterhemd. Und das im Winter.

Die meisten schätzte Fritz auf zwanzig bis dreißig, also etliche Jahre jünger als er. Sie hatten auffallend gute Figuren, athletische und durchtrainierte Körper. Die meisten hielten eine Flasche Bier in der Hand, und sie plauderten in kleinen Gruppen.

Hinter der Theke standen zwei junge Männer. Sie mochten gerade mal zwanzig sein. Der eine sah türkisch aus. Im hinteren Teil des Lokals schien es weitere Räume zu geben. Eine Wendeltreppe führte nach oben. Und erst jetzt, als Fritz ein paar Schritte zurücktrat, sah er, dass auch der erste Stock des Gebäudes zum ZHM gehörte.

Er blickte nervös um sich. Hoffentlich hatte ihn keiner seiner Nachbarn gesehen! Mindestens zwei Minuten hatte er vor dem Ladenlokal gestanden und mehr als interessiert hineingeschaut. Er spürte sein Herz stark klopfen; seine Zehen waren eiskalt. Dann bog er in die Eisenacher Straße und stapfte schnell durch den Schnee nach Hause.

Dort schlug er gleich das Telefonbuch auf: ZHM – Zentrum Homosexueller Männer. Beratungs-, Informations-, Kommunikations- und Krisenzentrum von West-Berlin. Es folgten die Straße und die Telefonnummer.

Der Paragraf 175 ist erst vor ein paar Monaten geändert worden, und schon gibt es Einrichtungen wie das ZHM, wunderte sich Fritz. Da hat sich viel getan. Er wurde nachdenklich: Hier könnte ich doch bestimmt meinesgleichen finden. Da sollte ich mal hingehen, und er freute sich, denn das ZHM lag ja zudem gleich bei ihm um die Ecke. Er musste nicht mal in die U-Bahn oder den Bus steigen und nach Kreuzberg oder Wilmersdorf fahren.

Eine Woche später saß Fritz wie immer im Büro. Gregor Danner war in einer Besprechung, Fräulein Brackmann seit Anfang der Woche mit einer Freundin beim Langlauf im Bayerischen Wald.

Dr. Klanxbek aus Hamburg hatte zahlreiche Rechnungen eingereicht, die alle am und im Haus entstandenen Schäden belegten. Die Versicherung hatte einen Gutachter nach Sylt geschickt, und nun stand einem Schadensersatz nichts mehr im Wege. Fritz gab die Überweisung in Auftrag, dann klebte er Verstärkungsringe auf die Formulare des Vorgangs und heftete ihn in einem Aktenordner ab.

Jeden Tag, wenn Fritz zur U-Bahn lief oder nach Hause kam, ging er am ZHM vorbei. Er überlegte, ob er nicht mal hineingehen sollte. An einem Donnerstag kurz nach fünf verließ er das Büro, und eine halbe Stunde später stieg er am Nollendorfplatz aus.

Es war früh am Abend. Nur wenige Männer befanden sich im ZHM. Dass es noch so leer war, war Fritz recht. Als er mit seinem Hut und der kleinen Aktentasche unter dem Arm eintrat, fühlte er sich fehl am Platz, denn beides fand er unpassend. Vorher erst nach Hause zu gehen, wäre ihm aber zu umständlich gewesen, also blickte er weder nach links noch nach rechts, sondern starrte, den Kopf leicht nach unten geneigt, geradeaus vor sich hin. Er mied jeglichen Blickkontakt, obwohl ihn niemand zu beachten schien. Die Sekunden kamen ihm wie Stunden vor. Er ging auf das Schwarze Brett zu, das sich auf halber Strecke zwischen dem Eingang und der Theke befand. Er hatte es schon die Woche davor bemerkt, als er durch das Fenster geschaut hatte. Die rauchige Luft brachte seine Augen zum Brennen.

Überall im ZHM hing Karnevalsschmuck. Komisch, dass sie hier Karneval feiern, wunderte sich Fritz. Von der Decke ragten bunte Papiergirlanden, Lampions und Luftballons, dazwischen Luftschlangen in den unterschiedlichsten Farben.

Er starrte auf die Zettel am Schwarzen Brett. Da hingen Papierfetzen in krakeliger Handschrift, ordentlich mit Maschine getippte Blätter im DIN-A4-Format, große und kleine Notizzettel in den unterschiedlichsten Farben, mit Kugelschreiber, Filz- oder Bleistift beschrieben, die eine oder andere Stelle mit Farbstift markiert. Er begann, wahllos einen Zettel zu lesen.

Der Leder- und Motorradclub traf sich mittwochs zur Besprechung und sonnabends zum gemeinsamen Ausflug. Es gab Englischkurse für Anfänger und Fortgeschrittene, einen Französisch- und sogar einen Russischkurs.

Ein Englischkurs würde mir bestimmt nicht schaden, dachte Fritz. Englisch hatte er zum letzten Mal in der Schule gehabt. Und das lag mehr als vierzig Jahre zurück.

Es gab eine Gymnastikstunde mit Saunabesuch und Massage, und dienstags und donnerstags traf man sich zum Volleyballspiel in einer Sporthalle in Reinickendorf.

Und da: Das wäre doch was für ihn! Schwule Tanzkurse. Verschiedene Schwierigkeitsstufen. Latein und Standard. Angestrebt werden verschiedene Wettkampfabzeichen. Bronze, Silber, Gold. Kontakt: Lola und Alfried.

Fritz wunderte sich, dass das ZHM seit seinem kurzen Bestehen schon so viel auf die Beine gestellt hatte.

„Die Graubären“, lautete die Überschrift eines anderen Zettels. „Wir, das heißt, alle über fünfzig, treffen uns jeden Sonnabendnachmittag um 14 Uhr, um gemeinsame Ausflüge in Natur und Kultur zu unternehmen. Komm doch auch! Kontakt: Erwin.“ Unter dem Namen stand eine Telefonnummer.

Fritz hatte genug gelesen. Er wollte gehen; zu lange schon war er hier. Was wohl die Nachbarn sagen, wenn sie mich hier sehen, dachte er. Und so wie er gekommen war, verließ er das ZHM wieder. Erneut blickte er weder nach links noch nach rechts, sondern starrte, den Kopf leicht nach unten geneigt, geradeaus vor sich hin. Volle zehn Minuten hatte er sich im ZHM aufgehalten. Einerseits war er stolz, dass er es betreten hatte, andererseits aber ärgerte er sich, dass sein Besuch so kurz gewesen war.

Eine Woche nach seinem ersten Besuch im ZHM ging Fritz nach der Arbeit erst nach Hause. Er ließ sich viel Zeit, zog erst im Schlafzimmer seine Bürokleidung aus, ging in die Küche, belegte sich dort zwei Scheiben Brot mit Salami und trank dazu ein Bier. Dann hielt er sich lange im Badezimmer auf, rasierte sich, duschte ausgiebig, föhnte seine wenigen Haare und benutzte großzügig Rasierwasser. Kurz bevor er die Wohnung verließ, warf er einen gründlichen Blick in den Spiegel. Alles passte!

Als er gegen halb acht das ZHM betrat, glaubte er, schon so etwas wie Routine zu spüren. Dennoch ging er wieder weder nach rechts noch nach links schauend durch den Raum. Doch diesmal blieb er nicht vor dem Schwarzen Brett stehen, sondern stellte sich an die Theke.

„Was kriegste denn?“, fragte ihn der junge Türke in einem Deutsch, das neben einem ausländischen auch einen berlinerischen Akzent hatte. Fritz bestellte ein Bier, sah den jungen Mann dabei jedoch nicht an. Er nahm einen kräftigen Schluck, stellte das Glas aber nicht wieder auf der Theke ab, sondern hielt es in der Hand. Zwischen Nase und Oberlippe spürte er Schaum, und er leckte ihn weg. Dann drehte er sich langsam um, hin zum offenen Raum.

Heute war es im ZHM voller als beim letzten Mal. Fritz blickte langsam um sich. So viele junge, gut aussehende Männer! Er gehörte hier schon zum alten Eisen. Sobald ihn ein Blick traf, sah er weg. In dem Raum ließen sich wieder die zwei unterschiedlichen Stile ausmachen: die bärtigen Männer mit den langen Haaren, die sie entweder offen oder zu einem Zopf zusammengebunden trugen, und die muskulösen, figurbetont gekleideten Kerle mit Kurzhaarschnitt, die ihre kräftigen Oberarme und breiten Schultern zur Schau stellten und deren Hosen eng anliegend waren wie eine zweite Haut.

An der Eingangstür klebte ein Plakat, das zum Rosenmontagsball im ZHM einlud. „Schwulmädchenreport" lautete das Motto, das in großen Buchstaben auf dem Plakat prangte. Darunter stand etwas kleiner: „Packt den Fummel Eurer Mutter, nehmt die Zöpfe Eurer Schwester und bringt Eure beste Freundin mit. Eure Lehrer erwarten Euch ab 19 Uhr im ZHM."

Auf dem Plakat waren zwei als Mädchen verkleidete Kerle abgebildet: Der Linke, Kleinere trug eine Pippi-Langstrumpf-Perücke und einen sehr kurzen, rot karierten Rock. Unter sein rotes T-Shirt hatte er sich zwei für Busen viel zu große Luftballons gesteckt. Blick und Pose wirkten mehr als lasziv. Mit dem Zeigefinger winkte er den Betrachter heran. Der Rechte trug ein himmelblaues Seidenkleid und hatte auf dem Kopf eine goldene Perücke, deren Haare wie Lametta aussahen. Stolz zeigte er mit nur halb geöffneten Augen seine rot lackierten Fingernägel, dabei den Pippi-Langstrumpf-Kerl neben sich fest umarmend.

An diesem Abend blieb Fritz länger. Er trank das Bier aus, bestellte ein zweites und bemerkte, wie er lockerer wurde. Es fiel ihm aber weiterhin schwer, Blickkontakt aufzunehmen.

Keiner spricht mich an, dachte er, obwohl sich hier alle unterhalten. Alle sehen an mir vorbei, obwohl hier jeder jeden anstiert. Er fühlte sich fehl am Platz. Nach einer Stunde, als er auch das zweite Bier ausgetrunken hatte, ging er. Außer mit dem Türken an der Theke, von dem er jetzt wusste, dass er Ziya hieß, hatte er mit niemandem auch nur ein Wort gewechselt. Und auch die wenigen Sätze mit Ziya hatten sich auf zwei Bierbestellungen, die Nennung seines Namens und die Antwort auf die Frage, ob er öfter hier sei, beschränkt.

Enttäuscht zog Fritz den Kopf ein, ließ die Schultern hängen und die Arme neben dem Rumpf baumeln. Das ZHM war für ihn wohl nicht der Ort, um Leute kennenzulernen. Er musste eine andere Möglichkeit finden.

Ein junger Nazi sitzt mit seiner Freundin in einem Café.
[...] „Oh ich weiß, dass wir gewinnen werden",
ruft er ungeduldig aus, „aber das ist nicht genug."
Er schlägt mit der Faust auf den Tisch: „Blut muss fließen!"

Christopher Isherwood: *Leb wohl, Berlin*

Die Razzia

An einem Wochenende im Mai 1933, an einem der ersten warmen Tage, an dem man selbst spät am Abend noch kurzärmelig herumlaufen konnte, traf sich Fritz wieder einmal mit Otto und Paul in der *Zicke*.

Fritz hatte Otto, das Sommersprossengesicht, in der Versicherung kennengelernt, wo dieser aber nur wenige Monate blieb, ehe er sich bei einer Bank bewarb. Trotz der unterschiedlichen Arbeitsplätze waren sie Freunde geblieben. Paul wohnte bei Fritz um die Ecke in der Winterfeldtstraße. Paul – ein weiblich wirkender Krankenpfleger mit einer dicken Brille – hatte beim Gemüsehändler Fritz' Interesse geweckt, wo er zwei Möhren und einen Kohlkopf kaufte und dafür sage und schreibe eine Viertelstunde brauchte. Fritz sprach ihn vor dem Geschäft sogleich an, sie erzählten sich ihr halbes Leben, und seitdem trafen sie sich regelmäßig, um gemeinsam was zu unternehmen.

Alles in der *Zicke* ging sehr schnell. Soeben hatten Fritz, Otto und Paul ihr erstes Bier bekommen, als plötzlich zwei große schwarze Wagen vorfuhren. Männer mit dem Totenkopf-Emblem auf Mütze und Revers stiegen aus und stürzten in das Lokal.

„Die Gestapo ... o Gott ... die Gestapo!", schrie eine hohe Männerstimme.

Mit Pistolen betraten die Gestapo-Männer den Raum. Zwei bewachten die Eingangstür, zwei durchsuchten die Toiletten und brachten die Leute dort in den Gastraum. Ein schlanker, junger Mann, vermutlich noch keine zwanzig, mit mittelblonder Stoppelfrisur war noch dabei, sich die Hose hochzuziehen. Den Thekenraum hielten zwei weitere Gestapo-Männer mit ihren Waffen in Schach.

„Los, aufstehen!", befahlen sie den Gästen an den Tischen. „Hände auf den Kopf und Gesicht zur Wand!" Für die an der Theke galt das Gleiche.

Die Männer gaben mehrere Warnschüsse ab und konfiszierten die Wachsfiguren. „Das ist Verrat an Führer, Volk und Vaterland. Aber damit ist es jetzt vorbei, ihr schwules Gesindel!", schrie einer von ihnen, ein großer, kahl rasierter Bulle mit breiten Schultern, ein Schrank von einem Mann mit einem langen, dunkelgrauen Ledermantel. Dann trugen sie Hitler, Himmler, Goebbels und Göring aus dem Lokal und luden sie in einen der beiden großen schwarzen Wagen.

Anschließend kamen die Gäste dran. Immer noch mit den Händen auf dem Kopf wurden sie in den zweiten Wagen getrieben. Fritz verspürte nicht so sehr Angst als vielmehr Wut und Hass. Er presste seine Lippen fest zusammen und ballte die Hände zur Faust. Warum kann man hierzulande auf einmal nicht mehr so leben wie in England, Amerika oder Frankreich?, dachte er. Er wusste, dass dort die Lokale für Homosexuelle nicht geschlossen wurden, dass das Strafmaß für Homosexualität nicht erhöht und schon gar nicht eine Zentrale zur Bekämpfung von Homosexualität eingerichtet werden sollte. Warum ging man in Deutschland auf einmal gegen Schwule vor?

Nachdem die Gestapo alle Gäste der *Zicke* in den Wagen getrieben hatte, brachte sie sie in ihr Hauptquartier in der Prinz-Albrecht-Straße in Mitte. Im Kellergeschoss befand sich ein großer Gefängnisbereich, der schon in den ersten Monaten der Nazi-Herrschaft als einer der gefürchtetsten Orte im ganzen Reich galt.

Als sie von den Gestapo-Männern in die völlig überfüllten Zellen gestoßen wurden, verlor Fritz Otto und Paul aus den Augen. Alte und Junge, Männer und Frauen, Juden und Prostituierte standen in den Zellen dicht zusammengepfercht wie Vieh. Sitzen konnte hier keiner. Der Geruch der schwitzenden Menschen dicht neben ihm stieg Fritz unangenehm in die Nase. Jetzt in der Nacht rochen sie nach dem vergangenen Tag.

Einige schrien. „Lasst uns hier raus!" – „Die bringen uns um!" – „Jetzt kommen wir in ein Lager!" Andere weinten. „Warum nur? Warum?" – „Man hat uns gewarnt" – „Warum sind wir nicht geflohen?"

Fritz blieb nur wenige Minuten in der Zelle. Schon führten sie ihn in einen kahlen Raum ohne Putz an den Wänden und nur mit dem nackten Estrich als Boden. Er nahm zuerst den beißenden Geruch dicker Rauchschwaden wahr. Dann sah er an der gegenüberliegenden Wand ein kleines, vergittertes Fenster. Davor, an einem wuchtigen Schreibtisch mit einer Schreibmaschine, saß ein untersetzter Glatzkopf, eine dicke Zigarre im Mund. Über dem Schreibtisch hing eine dunkle Blechfunzel. Fritz kannte so eine Szene bislang nur aus dem Kino, und nie hätte er gedacht, dass sie eines Tages für ihn Wirklichkeit werden könnte.

„Wie viele warme Brüder kennst du?", fragte der Glatzkopf ruhig. Fritz fiel auf, dass er ein steriles, akzentfreies Hochdeutsch sprach, das nicht verriet, woher er kam. „Wie heißen sie?", fuhr der Glatzkopf fort. Und nach einer kurzen Pause: „Wo wohnen sie?"

Rauch drang aus seinem Mund, den er zu einem runden O formte. Fritz schwieg. Nie würde er seine Freunde verraten. Nie Ottos und Pauls Namen und Adressen preisgeben. Der Glatzkopf wiederholte seine Fragen. Fritz schwieg weiterhin. Eher würde er sich die Zunge herausreißen lassen.

Der Glatzkopf wurde ungeduldig. Wütend rief er zwei Männer herbei, und ein drahtiger Lockenschopf und ein kahler Bulle, dessen Schädel wie der des Glatzkopfs hinter dem Schreibtisch aussah, traten ein. Ohne dass weitere Worte ausgetauscht wurden, packten sie Fritz links und rechts am Arm, zogen ihm die Hose und Unterhose runter und drückten seinen Oberkörper auf den Schreibtisch. Der untersetzte Glatzkopf rutschte mit seinem Stuhl zurück, und schon schlugen die beiden Männer mit langen Rohrstöcken auf Fritz ein.

Fritz konnte sich später nicht mehr erinnern, wie oft sie ihn geschlagen hatten und wie lange die Tortur gedauert hatte. Sie malträtierten ihn, bis er das Bewusstsein verlor.

Als er erwachte, lag er in einer kleinen Zelle, die einem Käfig glich, auf einer Holzpritsche. Er war allein und hatte starke Schmerzen. Rücken und Gesäß brannten. Er konnte sich kaum bewegen, konnte kaum liegen. Er hatte Durst, doch in der Zelle gab es kein Wasser. Aus den Nachbarzellen hörte er Weinen, Wimmern und Stöhnen.

Allmählich kamen ihm kleine Erinnerungsfetzen in den Sinn. Ihm fiel ein, dass er die ganze Tortur über die Zähne fest zusammengebissen hatte und nicht schrie. Der Satz „Ehe ich meine Freunde verrate, lasse ich mir lieber die Zunge herausreißen", half ihm dabei.

Als es dämmerte, holten ihn die beiden Männer, die ihn geschlagen hatten, aus der Zelle, und Fritz bekam große Angst. Sicher würde die Tortur nun weitergehen.

„Lass dir das ein für alle Mal eine Lehre sein", sagte der drahtige Lockenschopf zu ihm. „Und sieh zu, dass wir dich nie wieder erwischen, sonst ... sonst kannst du dir selber leid tun. Beim nächsten Mal kommst du nicht mehr so glimpflich davon!"

Sie brachten ihn durch die langen und verwinkelten Gänge des Kellers zum Ausgang des Gestapo-Hauptquartiers und ließen ihn frei.

Fritz spürte große Erleichterung; damit hatte er nicht gerechnet.

Als Fritz Paul nach ein paar Wochen zufällig in der Kleiststraße traf, verhielt sich sein Freund sehr zurückhaltend und schweigsam.

„Fritz, wenn wir uns treffen wollen", sagte Paul, „dann nur an einem neutralen Ort." Sie verabredeten sich für den darauffolgenden Sonntag bei den Seelöwen im Zoo.

Dort erzählte ihm Paul, was ihm nach der Verhaftung in der *Zicke* widerfahren war: „Sie haben mich kastriert, ließen mir keine andere Wahl. Wegen irgendeinem Gesetz zur Verhütung erbkranken Nachwuchses und so."

Fritz war schockiert. „O Gott, das tut mir leid", sagte er betroffen und hielt dabei seine Hände vors Gesicht. Er musste auf einmal schwer atmen und glaubte, nicht genug Luft zu bekommen.

„Hätte ich mich geweigert, hätte mich die Gestapo in der Zelle behalten. Deshalb habe ich ‚Ja' gesagt." Paul versuchte zu lächeln, doch es gelang ihm nicht. Er blickte zu Boden.

„Kinder wollte ich sowieso nie", fuhr er fort. „Das Gute an der Operation ist, dass ich jetzt ein Krüppel bin und nicht zur Wehrmacht muss." Wieder versuchte er zu lächeln.

Fritz glaubte immer noch, nicht genug Luft zu bekommen. Gerne hätte er etwas Freundliches, Aufmunterndes zu Paul gesagt, er fühlte sich geradezu verpflichtet dazu, doch fiel ihm nichts Passendes ein. Stattdessen ergriff er Pauls Hand und drückte sie lange und fest. Dann fuhr er mit der Fläche seiner rechten Hand über Pauls Wange und streichelte ihn sanft.

Einige Wochen später hatte Paul wieder mehr Zutrauen zu Fritz. Bei herrlich sonnigem Wetter fuhren sie mit dem Rad an den Schlachtensee. Nach einem erfrischenden Bad, als beide entspannt am Ufer lagen, sagte Paul zu Fritz: „An meinen Gefühlen zu Männern hat die Operation nichts geändert. Ich bin nach wie vor so geil wie immer."

Fritz glaubte ihm nicht. In der Tat sah er Paul nie wieder mit einem Geliebten. Dennoch erzählte Paul ihm stets von irgendwelchen Liebesabenteuern.

Die beiden trafen sich danach nur noch alle paar Monate. Dann fuhren sie mit dem Rad durch den Grunewald oder einen anderen Park und kehrten anschließend erschöpft in einem Lokal ein. Zu Fritz oder zu Paul, die beide nach wie vor bei ihren Eltern wohnten, fuhren sie nur noch, wenn die Mutter oder der Vater zu Hause waren.

Otto sahen sie nie wieder, und sie trauten sich nicht, zu ihm zu gehen. Als ob sie eine Vorahnung gehabt hätten. Erst als Fritz Monate später auf Ottos Mutter in dem kleinen Lebensmittelgeschäft in der Motzstraße stieß, erfuhr er, dass man ihn deportiert hatte.

Draußen vor dem Geschäft erzählte Else Scholz, dass sie noch ein paar Monate von ihrem Sohn gehört habe. Sie schrieb ihm regelmäßig Briefe in ein Lager, das Dachau hieß und in der Nähe von München lag. Er habe immer geantwortet, dass es ihm gut gehe, auch wenn er zu Zwangsarbeit verpflichtet sei, über die er nicht reden durfte, die aber sehr hart gewesen sein muss. Später sei er krank geworden, und schließlich habe sie die Nachricht von seinem Tod erhalten. Eine Todesursache wurde nicht genannt. Man verlangte Verständnis, dass man der Familie die Überreste des Verstorbenen nicht aushändigen könne, stand in der Nachricht. Else Scholz versuchte, ihre Tränen zu unterdrücken, und senkte den Kopf, während sie Fritz das erzählte.

Otto ist also der Erste von uns, dachte Fritz. Und wer wird der Nächste sein?

Die Toten, die im Grab wir bluten lassen, die rächen sich.
Wen sie mit schattenhaften Händen fassen, der jammert mich.

Paul Verlaine: *Die Toten, die ...*

Röhm

„Röhm-Putsch vereitelt – Täter liquidiert", riefen die Zeitungsverkäufer Anfang Juli auf den Straßen und Plätzen Berlins. Fritz, der gerade seine Mittagspause auf dem Kurfürstendamm verbrachte und sich von der Arbeit in der Versicherung erholte, horchte auf. Dann kaufte er sich ein Exemplar der *Berliner Zeitung* und setzte sich auf eine Bank im Schatten.

Wegen eines angeblichen Putschversuchs hatte Hitler seinen Duzfreund und die SA-Führung aus dem Weg räumen lassen. Er hatte Röhm persönlich in Bad Wiessee abgeholt, wo er auf Zwangsurlaub war, und nach Stadelheim eskortiert. Dort wurde Röhm einen Tag später erschossen, nachdem er sich geweigert hatte, sich selbst zu richten. Einen Prozess hatte es nicht gegeben.

Bereits wenige Tage nach der Ermordung Röhms wurde überall hinter vorgehaltener Hand gemunkelt, dass der SA-Chef gar keinen Putsch geplant hatte. Hitler habe nur einen Grund gebraucht, um mit der SA abzurechnen, die zu einem millionenstarken Verband herangewachsen und mächtiger geworden war als die Reichswehr.

Aha, dachte Fritz verwundert, das versteht der Führer also unter Freundschaft.

Mitte Juli hielt Hitler im Reichstag dann eine lange Rede. Fritz verfolgte sie im Radio bei Paul, dessen Eltern zu den Ersten gehörten, die einen Volksempfänger besaßen. Pauls Mutter hatte noch Buletten vom Vortag, die, mit Senf und im Brötchen, auch kalt gut schmeckten. Erna Handtke saß auf dem großen, mit dunkelrotem Samt bezogenen Sofa und stopfte Socken. Fritz und Paul fläzten auf dem Fußboden, als ob sie dadurch ihre Respektlosigkeit gegenüber Hitler ausdrücken wollten, und essend lauschten sie den Worten des Führers.

„Röhm war ein Sittenstrolch!", schrie Hitler und stilisierte sich selbst zum Hüter der Sittlichkeit.

„Dadurch will er doch nur erreichen, dass die Konservativen und Katholen zu ihm stehen", schimpfte Paul.

„Röhm hat durch seine ekelerregende Veranlagung gegen die Sitte und Moral des deutschen Volkes verstoßen!", schrie Hitler weiter. „Aber damit ist es jetzt vorbei!"

Kaum hatte der Führer seine Rede beendet, brachen die NSDAP-Abgeordneten in tosenden Applaus aus, und man hörte, wie sie sich von ihren Sitzen erhoben. Sie stimmten das Horst-Wessel-Lied an, und schon erklang „Die Fahne hoch! Die Reihen fest geschlossen! SA marschiert mit mutig festem Schritt."

Paul schluckte schnell den letzten Bissen seiner Bulette hinunter, stand auf und schaltete den Volksempfänger aus. Seine Mutter hatte soeben den Raum verlassen, und so traute er sich zu sagen: „Wenn Hitler schockiert ist, weil Röhm homosexuell war, wie schockiert wird er dann erst sein, wenn er merkt, dass Göring dick ist und Goebbels einen Klumpfuß hat?" Er machte eine kurze Pause. „Der hat doch schon vor Jahren gewusst, dass Röhm was mit Männern hat."

Paul hatte sich seit seiner Kastration im letzten Jahr stark verändert. Er wirkte träge und hatte deutlich zugenommen, besonders an den Hüften und am Gesäß. Sein Gesicht wurde immer rundlicher, und allmählich bekam er ein Doppelkinn. Dafür fiel jetzt seine dicke Brille nicht mehr so sehr auf. Er aß ständig. Allein von den Buletten verschlang er fünf Stück.

Paul arbeitete nicht mehr im Auguste-Viktoria-Klinikum in Schöneberg, sondern in der Charité in Mitte. Er ärgerte sich sehr über die Versetzung, denn sein Arbeitsweg war jetzt viel länger und er kannte dort niemanden.

„Die Kollegen sind total unfreundlich", schimpfte Paul. „Und die Atmosphäre dort ist völlig unpersönlich."

„Jetzt warte doch erst mal ab", versuchte Fritz ihn zu beschwichtigen. „Du bist erst kurz dort. Du darfst nicht so ungeduldig sein. Da kann sich ja noch viel ändern."

„Da ändert sich nichts", antwortete Paul. Er holte den Kirschkuchen, den Fritz' Mutter ihrem Sohn mitgegeben hatte, aus der Küche und aß davon zuerst ein Stück, dann ein zweites und schließlich ein drittes.

Dann sprachen sie wieder über den Röhm-Putsch. Fritz hatte sich nie groß für Politik interessiert, aber was man jetzt mit Röhm und der SA-Spitze gemacht hatte, war ihm nicht egal. Es würde Folgen für die Homosexuellen in Deutschland haben.

Dass Röhm homosexuell war, galt als offenes Geheimnis. Fritz selbst hatte den dicken SA-Chef mit dem von Kriegsverletzungen entstellten Gesicht und der Nasenprothese mehrmals im *El Dorado* – einem Lokal für Homosexuelle in der Kalckreuthstraße – gesehen, stets einen Tross attraktiver und stattlicher SA-Männer um sich. Kaum traten Röhm und seine Leute ein, herrschte eine ausgelassene Stimmung, denn der SA-Chef war kein Kind von Traurigkeit. Er führte die ausgefallensten Tänze auf und trieb die verrücktesten Späße. So trank er einmal sein Bier aus einem Stiefel, woraufhin sein Gefolge es ihm gleich nachmachte.

Nicht weil Fritz Röhm vom Sehen gekannt hatte, machte ihn dessen Ermordung betroffen, sondern vielmehr die Tatsache, dass sich die Lebenssituation der Homosexuellen in Deutschland jetzt weiterhin verschlechtern würde und Verfolgung und Unterdrückung noch stärker zunehmen würden. Da war er sich sicher.

Ich ging auf das Strichergelände der Piazza dei Cinquecento und hoffte, dass mir der Junge, der mich gesehen haben musste, folgte.

Josef Winkler: *Friedhof der bitteren Orangen*

Im Tiergarten

Es war Vollmond und der Park wurde von dem reflektierenden Schnee erhellt. Der verschneite Boden schillerte blauweiß, ein Farbton, der sich in den blattlosen Ästen der Bäume fortsetzte. Es schneite kleine Flocken, und Fritz musste die Augen zusammenkneifen, damit sie ihn nicht wie spitze Nadeln in die Augen stachen. Er schlich an Bäumen und Sträuchern vorbei in das Innere des Parks und ging langsam auf eine Bank zu, auf der bereits jemand saß.

Der athletische Fremde musste mindestens 1,85 groß sein. Solche Kerle gefielen Fritz! Wegen der Schirmmütze konnte er sein Gesicht leider nicht erkennen. Er trug eine dunkelblaue Fliegerjacke und Stiefel aus schwarzem Leder. An den Gürtelschlaufen seiner Hose hing eine dicke, silbrig glänzende Metallkette. Im Gebüsch hinter der Bank herrschte Unruhe. Fritz vernahm das Geraschel herumschleichender Männer und dachte: Heute Nacht sind aber viele Berliner Jungs unterwegs – kein Wunder, es ist Wochenende und dazu noch Vollmond.

Fritz ließ sich auf der Bank nieder. Der Fremde blickte ihn an, und Fritz sah im Licht des Mondscheins sein schönes Gesicht kurz aufleuchten. Er hatte ebenmäßige Gesichtszüge, eine Wange war vernarbt, was dem Gesicht etwas Raues, Herbes, Männliches verlieh.

„Gar nicht so kalt, wie ich dachte, heute Nacht“, begann Fritz, dem nichts Besseres einfiel.

„Ja“, antwortete der Fremde.

„Biste heute das erste Mal hier?“

„Ja.“

Vielleicht hält er sich so zurück, weil er unerfahren ist, dachte Fritz.

„Biste schon lange hier?“

„Nein.“

Na, zumindest kann er auch was anderes als Ja sagen.

„Wann hast du denn Geburtstag?“, fragte der Fremde auf einmal Fritz. Unter Homosexuellen war diese Frage eine bekannte Losung, und Fritz freute sich.

Na endlich, dachte er und antwortete sogleich: „Am 17.5.“ – als Anspielung auf den Paragrafen 175.

Der Fremde sagte nichts weiter, er lehnte sich jetzt aber zurück und schlug ein Bein über das andere, streckte seine Arme seitlich von sich und legte sie auf die Rückenlehne.

Fritz deutete dieses Verhalten als Einladung, also rückte er so nah an den Fremden heran, dass sich ihre Körper berührten. Dann legte er die Hand auf dessen Oberschenkel, und da der Fremde weder einladend noch abweisend reagierte, ließ er sie dort liegen. Fritz kam zur Sache, öffnete langsam die eigene Hose und holte sein Glied hervor. Es war schon steif, und Fritz schob seine Vorhaut zurück. Wieder reagierte der Fremde nicht. Fritz suchte nun nach den Knöpfen an der Hose des Fremden, öffnete sie und griff nach dem schlaffen Glied. Diesen Zustand werden wir gleich ändern, dachte Fritz, beugte sich über die Hose des Fremden und steckte sich gierig dessen Glied in den Mund.

Plötzlich packte ihn der Fremde fest am Nacken. Fritz glaubte, das Herz springe ihm aus dem Leib, so sehr erschrak er. Eine Gänsehaut lief ihm über den Rücken, als ein durch Mark und Bein gehender schriller Pfiff aus der Pfeife kam, die der Fremde plötzlich im Mund hatte. Sogleich stürzten zwei ebenfalls in dunkelblaue Fliegerjacken gekleidete Männer aus dem Gebüsch.

„Gestapo! Du bist verhaftet!“, rief der vermeintliche Freier, sprang von der Bank auf, zog Fritz an den Haaren mit sich hoch und drehte ihm den Arm auf den Rücken. Fritz schrie laut auf. Schon legten ihm die beiden Komplizen Handschellen an und führten ihn aus dem Park, wo ein großer schwarzer Wagen wartete.

Wieder kam Fritz in das riesige Kellergefängnis des Gestapo-Hauptquartiers in der Prinz-Albrecht-Straße, und erneut verbrachte er dort eine furchtbare Nacht. Diesmal wurde er nicht verprügelt, sondern nur verhört. Verhört und wieder verhört. Die ganze Nacht.

„Wie viele warme Brüder kennst du?“ – „Wie heißen sie?“ – „Wo wohnen sie?“

Fritz schwieg, denn auch in dieser Nacht würde er seine Freunde nicht verraten. Er konnte sich kaum noch auf den Beinen halten, so müde war er. Als es hell wurde, ließen sie ihn nicht wieder frei wie fünf Jahre zuvor, als er 1933 schon einmal hier war, sondern zwangen ihn in einen Lkw, der ihn nach Sachsenhausen brachte.

Berlin, dein Gesicht hat Sommersprossen,
und dein Mund ist viel zu groß,
dein Silberblick ist unverdrossen,
und nie sagst du: „Was mach ich bloß?"

Hildegard Knef: *Berlin, dein Gesicht hat Sommersprossen*

Auf der Pfaueninsel

Solche Tage mochte Fritz. Im Frühjahr und Herbst, wenn es, nicht wie in den heißen Sommermonaten, nur angenehm warm war. Was er an solchen Tagen allerdings nicht leiden konnte, das waren die überfüllten Ausflugsziele.

Fritz gehörte mittlerweile zu den Graubären. An einem Sonnabendnachmittag war er einfach zum ZHM gegangen, wo sie sich jedes Wochenende trafen. Er wollte in Zukunft seine Freizeit nicht mehr alleine verbringen oder mit Leuten, die nicht zu ihm passten oder nicht wussten, dass er sich zu Männern hingezogen fühlte. Bei den Graubären fühlte er sich sogleich wohl. Sie gehörten seiner Generation an und vertraten dieselben Werte wie er. Sie hatten oft ein schwieriges, wenn auch nicht ganz so grausames Schicksal wie er hinter sich und kannten die vergangenen schlechten Zeiten für Homosexuelle nur allzu gut. Hier trafen ihn keine skeptischen Blicke, hörte er kein geheimes Getuschel hinter vorgehaltener Hand, hier ging man offen auf ihn zu und begrüßte ihn sogleich auf freundliche und natürliche Weise, so als würden sie sich schon seit Jahren kennen.

Bevor er zu den Graubären stieß, hatte Fritz auch zwei Mal den schwulen Tanzkurs von Lola und Alfried besucht, doch wurde er dort das Gefühl nicht los, dass es den Teilnehmern nur darum ging, sich selbst darzustellen, nicht aber um die pure Lust am

Tanzen. Da ging er dann doch wieder lieber ins *Paarschritt*, wo er mit Huberta tanzen konnte.

Heute unternahm Fritz mit den Graubären wieder einen Ausflug. Sie fuhren mit dem Bus an den Wannsee, legten die letzten Meter ans Ufer zu Fuß zurück und warteten auf die kleine Fähre, mit der sie auf die Pfaueninsel übersetzten. Fritz fiel ein, dass sich nicht weit von hier die Villa befand, in der die Nazis die Endlösung der Judenfrage beschlossen hatten. In dem Gebäude war jetzt ein Schullandheim untergebracht.

Alle Graubären hatten die fünfzig hinter sich. Fritz genierte sich anfangs ein wenig – lauter Männer. Was würden die Leute denken? Hoffentlich kannte ihn hier keiner! Es kann ja ein Kegelclub oder irgendein Alte-Herren-Verein sein, der einen Ausflug macht, sagte er sich, und bald verlor er seine Scheu.

Die Graubären waren ein bunter Haufen. Anton beispielsweise, früher Bankangestellter in Karlsruhe, hatte dort unzählige Affären mit Männern. Später verließ er seine Frau und die beiden Söhne und ging nach Berlin. Dass er sich zu Männern hingezogen fühlte, wusste seine Familie nicht.

André arbeitete als Florist. Seine Mutter stammte aus Lyon, wo er seine Kindheit verbracht hatte. Er betrieb einen kleinen Blumenladen in der Tauentzienstraße. Dass er das männliche Geschlecht dem weiblichen vorzog, wusste er bereits mit siebzehn. Fritz staunte. Er selbst hatte die zwanzig schon ein paar Jahre hinter sich, als er sich dies endlich eingestand.

Karl, Lehrer und Berliner Urgestein, führte, wie er es nannte, mit seiner Frau eine „offene Beziehung" und sei eigentlich bisexuell. Er könne sich einfach nicht entscheiden. Und seiner Frau ginge es ebenso. „Aber wie heißt es so schön", meinte Karl: „Ein bisschen bi schadet nie."

Die meisten aus der Gruppe waren wie Fritz nie verheiratet gewesen. „Ich bin grundsolide", scherzte Erwin, Leiter der Gruppe und Soziologe. „Ich rauche nicht, ich trinke nicht, und ich habe keine Weibergeschichten."

Sonnabends machte Fritz jetzt immer einen Ausflug mit den Graubären, und sonntags ging er zum Tanzen. Huberta und er übten fleißig für den Wettbewerb. Seine Wochenenden waren auf einmal abwechslungsreich und ausgefüllt. Bislang hatte er sonnabends und sonntags immer wenig unternommen, meist nur hie und da Tante Mieze in ihrem Altersheim im Wedding besucht.

Die Graubären sprachen oft über die gleichen Themen. Wie hast du bemerkt, dass du schwul bist? Wann war das? Wissen es deine Eltern? Wie haben sie reagiert? Akzeptieren sie es? Und obwohl sie sich nicht näher kannten, erzählten sie sich Persönliches aus ihrem Leben. Fritz tat es gut, darüber zu reden.

Als er seinerzeit seinen Eltern erzählte, dass er sich zu Männern hingezogen fühle, tat sein Vater so, als ob er die Worte seines Sohnes nicht gehört hätte. Seine Mutter aber nahm ihn zur Seite, ging mit ihm in sein Zimmer und gab zu verstehen, dass sie nicht überrascht sei.

„Fritz, es ist mir ganz gleich, ob du mit einer Frau oder einem Mann zusammenleben willst", sagte sie. „Wichtig ist mir nur, dass du glücklich bist."

Fritz fühlte sich erleichtert, dass sie so reagierte. Er küsste sie auf die Wange, drückte ihren kleinen, immer in einer Schürze steckenden Körper fest an sich und streichelte über ihre hellen Arme. Auch Tante Mieze, die Schwester seiner Mutter, reagierte wie sie, und von nun an hatte er zwei Verbündete.

Seine Mutter schenkte ihm noch am selben Tag, an dem er sich ihr gegenüber geöffnet hatte, einen Kieselstein, der in Form und Farbe einer Kartoffel glich. Sie hatte den Stein einst von ihrer Hochzeitsreise an der Ostsee mitgebracht.

„Hier, Fritz. Und denk daran: Du sollst immer so fest und beständig sein wie dieser Stein, damit du gut durchs Leben kommst."

Das mit dem Stein fand Fritz albern, doch schwieg er, denn er wollte seine Mutter nicht verletzen.

Einer aus der Gruppe nannte sich Will. Eigentlich hieß er Wilhelm, doch da er diesen Namen als allzu preußisch ablehnte, ließ er sich von aller Welt Will nennen. Will gefiel Fritz auf Anhieb. Er war der Größte in der Gruppe, mindestens 1,90 maß er. Seine Beine gehen mir bestimmt bis zum Nabel, dachte Fritz und musste schmunzeln. Will hatte schöne, leicht gewellte Haare, die noch nicht einmal an den Schläfen ergrauten. Seine weißen und gleichmäßigen Zähne müsste man in der Zahnpastawerbung einsetzen, dachte Fritz weiter. Will war schlank und hatte wie Fritz keinen Bauchansatz. Besonders gefielen Fritz aber seine eleganten, harmonischen Bewegungen.

Will war, kurz bevor im Sommer 1961 die Mauer gebaut wurde, in den Westteil Berlins geflohen und arbeitete als Schaufensterdekorateur im KaDeWe. Will und Fritz verstanden sich sofort, obwohl Will zehn Jahre jünger als Fritz und erst fünfundzwanzig Jahre alt war, als der Krieg zu Ende ging. Die Verfolgung durch die Nazis hatte er zum Glück nicht mehr am eigenen Leib zu spüren bekommen. Will hatte seine Kindheit in Pankow verbracht, wo seine Mutter noch heute lebte. Seit über acht Jahren hatte er sie nicht mehr besucht. Und obwohl er mittlerweile einen westdeutschen Pass besaß und somit ohne Weiteres in die DDR und nach Ost-Berlin reisen konnte, hatte er diese Reise bislang nicht angetreten, aus Angst, dass sie ihn dort festhielten und nicht mehr in den Westen zurückließen.

Die Graubären umrundeten zuerst die Pfaueninsel, vorbei am Schloss, der Meierei und dem Luisentempel, stets von den hässlichen Schreien der Pfauen verfolgt, die an diesem Nachmittag keine prahlerischen Räder schlugen. Dann setzten sie wieder aufs Festland über und kehrten in dem Biergarten des Wirtshauses *Zur Pfaueninsel* ein. Lautstark dröhnte Hilde Knefs *Ich brauch kein Venedig* aus den Lautsprechern.

Am Ufer des Sees spielten Eltern mit ihren Kindern; sie wateten im Wasser, obwohl erst April war. Fritz beobachtete einen Vater, wie er seinen kleinen Sohn an der Hand führte. Als der Kleine fiel und zu weinen begann, nahm ihn der Vater auf den Arm, drückte ihn an sich und küsste ihn auf die Wange. Sehnsüchtig verfolgte Fritz die Szene. So eine Beziehung hatte er mit seinem Vater nie erlebt. Wie gerne hätte er auch so einen Vater gehabt! Wie gerne wäre er jetzt – wenn auch nur für einen Augenblick – der kleine Junge gewesen!

Anton prahlte mit seinen Besuchen in Männersaunen und damit, dass er sich hie und da sogar einen Stricher leistete, der ihm dann alle Wünsche erfüllte. Ausgelöst durch Antons Worte musste Fritz daran denken, dass er immer wieder einschlägige Orte für Herren aufsuchte und ab und zu auch mal gegen Bezahlung einen jungen Mann zu sich in die Wohnung kommen ließ, doch behielt er das für sich. Was würde Will bloß von ihm halten?

Die meisten aus der Gruppe bestellten Bier und etwas Herzhaftes. Einen Strammen Max, ein Käsebrot oder einen Wurstsalat mit Musik. Nicht aber Will und Fritz. Sie wollten was Süßes und bestellten Kaffee und Rhabarberkuchen. Als beides serviert wurde, lachten sie sich zu.

Fritz steckte heimlich den Würfelzucker ein. Im KZ hatten sie nie Zucker bekommen; deshalb hatte er sich nach dem Krieg angewöhnt, in Cafés, Kneipen und Restaurants den Zucker mitzunehmen. In seinem Wohnzimmerschrank quollen mittlerweile drei Schubladen mit Würfelzucker über. Er bewahrte Zucker vom *Kranzler* mit dem Konterfei des Kaffeehauses auf, Zucker aus der *Confiserie Reichert* in der Schlossstraße und vom *Café am Funkturm* mit dem alten und vergilbten Papier. Wenn Fritz es anfasste, blieb seine Hand daran kleben. Die Würfelzucker mussten damals, als er sie mit nach Hause nahm, im Regen nass geworden sein. Auch lag Zucker aus der *Steglitzer Kaffeetasse*, vom *Paarschritt* in Wilmersdorf und von vielen anderen Berliner Lokalen in den Schubladen. Die Packungen der *Steglitzer Kaffeetasse* mochte Fritz besonders, denn sie enthielten immer gleich drei Stücke Zucker.

Als Fritz und Will ihren Kaffee ausgetrunken und den Kuchen aufgegessen hatten, steckte Will Fritz unauffällig seine Würfelzucker zu, auf die Fritz ohnehin schon die ganze Zeit geschielt hatte.

Die Tongrube, die bei uns Häftlingen
die Todesgrube hieß, war als Menschenvernichtungsfabrik
in allen anderen KZ ebenso bekannt wie gefürchtet
und bis zum Jahre 1942 das „Auschwitz" der Homosexuellen.

Heinz Heger: *Die Männer mit dem rosa Winkel*

In Sachsenhausen

Für die Arbeit im Klinkerwerk des Konzentrationslagers Sachsenhausen, die zu den schwersten im Lager zählte, setzte die SS bevorzugt Homosexuelle ein.

„Damit ihr richtige Männer werdet", gab Plaudt vor dem rosa Block zu verstehen und grinste.

August Plaudt mochte zwischen vierzig und fünfundvierzig Jahre alt sein. Der untersetzte Aufseher wirkte, wie Fritz fand, sehr unsportlich, was für einen SS-Mann untypisch war. Er hatte dünnes Haar und trug eine dicke Hornbrille. An seiner großen Hand mit den dicken Fingern befand sich ein dünner Ehering, der mit dem Fleisch verwachsen zu sein schien. Bevor er zur SS kam, soll er lange Zeit arbeitslos gewesen sein. Damals sei er mit einem SA-Verband durch die Großstädte des Reichs gezogen und habe alles, was ihm in den Weg kam, kurz und klein geschlagen, hieß es.

Im Klinkerwerk und in der dazugehörigen Tongrube arbeiteten die Häftlinge bei jeder Witterung, bei sengender Hitze ebenso wie bei klirrender Kälte, bei strömendem Regen wie im tiefen Schnee. Jeden Tag mussten zahllose Loren mit Ton gefüllt und zu den Ziegelformmaschinen an den Brennöfen gebracht werden. Die Tongrube lag tief unter der Erdoberfläche. Der Weg, auf dem die Häftlinge die voll beladenen Loren die Tongrube hinaufbeförderten, wurde von Tag zu Tag länger und steiler.

„Irgendwann schaffen wir das nicht mehr", sagte Fritz zu Heinz. „Und dann gehen wir drauf."

Heinz, mit dem Fritz seit seiner Bestrafung im Winter ein engeres Verhältnis pflegte, antwortete nicht, sondern biss die Zähne noch fester zusammen und zog weiterhin die Lore die Grube hinauf. Heinz, so wunderte sich Fritz, hatte immer ein strahlendes Lächeln im Gesicht, selbst wenn es ihm schlecht ging. Er fand das unheimlich, doch jetzt, an der Lore, sah Fritz zum ersten Mal, dass der Gesichtsausdruck seines Freundes plötzlich nicht mehr Heiterkeit ausstrahlte. Fast schien Fritz das zu beruhigen. Heinz' rote Pausbacken waren noch rundlicher als sonst, vermutlich da er die Zähne so fest zusammenbiss, und von seiner hohen Stirn – Heinz hatte schon ziemliche Geheimratsecken, obwohl er erst Mitte zwanzig und somit drei Jahre weniger zählte als Fritz – tropfte der Schweiß.

Bei Eis und Schnee rutschten die Häftlinge aus, bei Regen versanken sie im glitschigen Schlamm, der dann an den immer schwerer werdenden Schuhen kleben blieb. Jeder Schritt, bei dem die Beine aus dem Dreck gezogen werden mussten, wurde anstrengender, und das schmutzige Schuhwerk musste am darauffolgenden Tag wieder blank geputzt sein. Nicht selten verbrachten Fritz und Heinz den halben Abend mit dem Putzen ihrer Schuhe.

Jeweils sechs Häftlinge wurden einer Lore zugeteilt, die so schnell wie möglich mit Ton beladen werden musste. Weitere sechs Häftlinge zogen sie dann an dicken Stricken zu den Ziegelformmaschinen hoch. Heinz und Fritz bemühten sich, wann immer möglich, in dieselbe Gruppe eingeteilt zu werden. Die Aufgaben wechselten wochenweise. Wollte Plaudt aber einen Häftling besonders quälen, setzte er ihn immer wieder für die schwerere Aufgabe des Lorenziehens ein. Zogen die Häftlinge die Loren nicht im vorgeschriebenen Tempo hoch, schlugen er oder Eichensee mit Stöcken auf sie ein.

Bei der Arbeit und beim Essen war Sprechen verboten. In einer unbeaufsichtigten Minute konnten Fritz und Heinz aber stets ein paar Worte austauschen.

„Sag dir einfach immer wieder vor: Bewegung an der frischen Luft ist gesund", flüsterte Heinz. „Das wird dir helfen."

Schon in den ersten Tagen erzählten alteingesessene Häftlinge den Neuen, dass Plaudt ein hervorragender Musiker sei. Er hatte mit anderen SS-Leuten des Lagers sogar ein Streichquintett gegründet, in dem er Cello spielte. „Der kann doch unmöglich ein Instrument spielen, so dicke Finger wie der hat", meinte Heinz. „Höchstens Pauke oder Trommel."

Plaudts Frau war sehr hübsch, sagte man. Sie lag allerdings seit längerer Zeit schwer krank im Bett, und man sah sie nie in der Öffentlichkeit. Sie habe Asthma, hieß es, doch wollte das Gerücht, sie sei geisteskrank, nicht verstummen. Oft schrie sie stundenlang im Haus herum, und ihre Schreie hallten dann durch die SS-Siedlung bis ins Lager. Plaudt musste ständig aufpassen, dass sie nicht bei Nacht und Nebel abtransportiert wurde und einem Euthanasieprogramm zum Opfer fiel.

Immer wieder gingen den Häftlingen im Klinkerwerk die Kräfte aus. Dann glitten ihnen die Stricke aus der Hand und die schwere Lore sauste bergab. Sie versuchten zwar immer, das Gefährt mit Knüppeln und Stöcken zum Stillstand zu bringen, doch gelang das nur, wenn es noch nicht rasante Fahrt aufgenommen hatte. War die Lore bereits sehr schnell, zerbrachen die Knüppel und Stöcke unter den schweren Rädern wie Streichhölzer.

Bei solch einem Vorfall stieß die herabsausende Lore stets mit voller Wucht auf die ihr nachfolgende. Sie entgleisten und verloren ihre Ladung oder fuhren weiterhin bergab und rissen die Häftlinge mit sich.

In solchen Situationen half Fritz Heinz' Satz. Und immer wieder leierte er ihn dann gebetsmühlenartig herunter: „Bewegung an der frischen Luft ist gesund ... Bewegung an der frischen Luft ist gesund."

Am Silvesterabend lag Fritz in seinem Bett und konnte nicht einschlafen. Er dachte an die vielen Homosexuellen, die im Klinkerwerk bereits zu Tode gekommen waren. Jede Woche starben in der Tongrube mehrere Häftlinge. Vor allem zwei Fälle wollten ihm nicht mehr aus dem Kopf gehen. Der von Madame, eines Travestie-Künstlers aus Berlin, der, bevor er nach Sachsenhausen kam, im *El Dorado* aufgetreten war, und der von Albert Zanetti, eines Balletttänzers von der Hamburgischen Staatsoper. Zanetti wurde von einer Lore zermalmt; seine Leiche lag in drei Teilen auf den Schienensträngen. Madame riss eine herabsausende Lore einen Arm aus. Plaudt untersagte, dass Madame ins Krankenrevier abtransportiert wurde, sodass er vor den Augen aller qualvoll verblutete.

Da jedes Kommando am Abend mit der gleichen Anzahl an Häftlingen zurückkehren musste, mit der es am Morgen den Appellplatz verlassen hatte, musste der Leichnam von Madame und Zanetti beim Abendappell neben dem Kommando bäuchlings abgelegt werden. Besonders in Zanettis Fall fand Fritz es sehr makaber, da er zerstückelt dalag. Nach dem Abendappell brachten Fritz, Heinz und weitere Häftlinge des Kommandos die Toten zum Krematorium. Beim Anblick der Leichen sah Plaudt sich in seiner Behauptung bestätigt und sagte: „Für euch gibt es nur einen Weg aus dem KZ: durch den Kamin."

An Duplo ist was Leichtes dran,
es schmeckt und steckt zum Knuspern an.

Duplo-Werbung

Die Brücke

„Das Brücke-Museum besitzt die bedeutendsten Werke der Künstlergruppe *Die Brücke*: Aquarelle und Grafiken, Skulpturen und Zeichnungen."

Dietrichs blasierte Stimme hallte näselnd durch den Raum.

„Die Lage des Museums direkt am Grunewald spiegelt in kongenialer Weise die Verbundenheit der Gruppe zur Natur."

Die Graubären standen im Foyer des Museums um Dietrich herum und lauschten mehr oder weniger interessiert seinen Worten.

Dietrich war Lehrer für Kunsterziehung, sein Steckenpferd die Malerei des Expressionismus. Nach mehreren Anläufen hatte er die Graubären überreden können, ins Brücke-Museum zu gehen, und so hatten sie sich an diesem Sonnabend im Mai dort eingefunden.

Dietrich trug ein rot-weißes Palästinensertuch um den Hals und hatte einen geringelten Strickpullover und Gesundheitsschuhe an. Sein langes, krauses Haar war an den Schläfen ergraut; seine runde Nickelbrille schien zu groß zu sein, denn sie rutschte immer wieder zur Nasenspitze.

Kaum hatte er seine einleitenden Worte beendet, eilte er in den ersten Ausstellungsraum des Museums und blieb vor Erich Heckels *Mann und Mädchen* stehen.

Die Graubären folgten ihm langsam.

„Seht euch nur dieses faszinierende Bild an! Die Konturen der Figuren sind ganz fein gehalten. Sie scheinen mit dem Hintergrund der Natur eins zu werden." Dietrichs Stimme wurde immer höher, sie klang immer begeisterter.

„Zudem weisen ihre Gesichter die gleiche Farbe auf wie der Hintergrund. Wieder ein Indiz für das Einswerden von Mensch und Natur. Ist das nicht toll?", fragte Dietrich glücklich lächelnd in die Runde und schob seine Nickelbrille wieder die Nase hoch.

Die Graubären wussten nicht, wie sie reagieren sollten.

„Welch Subjektivismus der Farbgebung! Welch Suggestivität der Figurendarstellung!", schwärmte er.

Das Bild zeigte zwei nackt nebeneinandersitzende Figuren. Einen Mann und ein Mädchen. Der Mann schien das Mädchen, das ihn mit großen Augen anstarrte, gar nicht wahrzunehmen.

Fritz gefiel das Bild nicht. Er musste gähnen. Vielleicht ist der Mann auf dem Bild schwul und interessiert sich deshalb nicht für das nackte Mädchen, dachte er.

„He, haste nicht Bilder mit 'n paar feschen Jungs drauf?", fragte Karl, das Berliner Urgestein, laut.

Die anderen lachten, doch Dietrich fand das gar nicht lustig. Schon eilte er in den nächsten Raum und blieb vor dem *Liegenden weiblichen Akt* von Max Pechstein stehen.

Fritz blickte zu Will, der genauso gelangweilt dreinsah wie er. Wieder folgten die Graubären Dietrich widerspruchslos.

„Wie sehr das Bild die Einsamkeit des Menschen darstellt!", betonte Dietrich. „Diesen Eindruck kann nicht einmal das kleine Kätzchen neben der Frau auf dem Bett entkräften."

Dann ging Dietrich leicht in die Knie und ballte die Hände vor seiner Brust euphorisch zur Faust: „Welch expressive Präsentation menschlicher Isolation! Diese Einsamkeit! Dieses Alleinsein!"

Fritz gähnte erneut, und auch Will sah jetzt so aus, als ob er ein Gähnen unterdrückte. Sie mussten lachen.

Dietrich stand schon im nächsten Raum. Diesmal vor Otto Muellers *Badenden Mädchen*.

Diese spindeldürren Gören, dachte Fritz. Diese splitterigen Körper! Die haben nicht einmal richtige Gesichter! Fritz sah zu Will und machte eine Kopfbewegung. Will verstand, und sie verließen unauffällig den Raum. Sie gingen zum Ausgang des Museums und begaben sich in ein Café an der nächsten Straßenkreuzung.

Es handelte sich um ein typisch deutsches Oma-Café, das vor allem von betagten Damen aus den gut situierten Vierteln des Berliner Südwestens frequentiert wurde. Sie nahmen ihre Hüte, für die die Modisten die unterschiedlichsten Formen und ausgefallensten Schnörkel und Verzierungen aufgefahren hatten, auch beim Kuchenessen nicht ab.

In dem Café dominierten kräftige Orangetöne, nur hie und da von einem dunklen Braun unterbrochen. Über den runden Plastiktischen hingen tiefe, viel zu große Kugellampen, die selbst jetzt am Nachmittag schon brannten, obwohl der Raum auch ohne das künstliche Licht hell genug erleuchtet gewesen wäre.

Fritz und Will bestellten bei der Kellnerin im schwarzen Minikleid mit weißem Servierschürzchen um die Hüfte und Servierhäubchen in der Dauerwelle zwei Kännchen Kaffee und zwei Stück Erdbeerkuchen.

Endlich hatte Fritz eine Gelegenheit gefunden, mit Will allein zu sein. Er wollte ihm dies gerade sagen, als Leo, der Richter aus der Gruppe, das Café betrat.

Die Kellnerin brachte den Kaffee und den Kuchen, in dessen Tortenguss jeweils eine gelbe Bestellnummer steckte. Leo nahm ebenfalls ein Kännchen Kaffee.

„Der Dietrich erzählt ja einen Mist", murrte Leo. „Seine Führung ist stinklangweilig. Dabei könnte man das Thema so interessant gestalten."

Fritz und Will nickten zustimmend.

„Deshalb sind wir ja auch gegangen", erklärte Will, nachdem er den ersten Bissen seines Erdbeerkuchens hinuntergeschluckt hatte.

Fritz ärgerte sich, dass sich Leo ausgerechnet jetzt zu ihnen setzen musste.

Wie Fritz wusste, kam Leo aus Westfalen und hatte in Bonn Jura studiert. Einer seiner Kommilitonen, ein gewisser Dr. Herbert Feller, war Anwalt und SPD-Abgeordneter im Bundestag. Feller setzte sich für die Verbesserung des Strafrechts ein. Leo versuchte schon des Längeren, seinen Studienfreund zu überzeugen, einen Antrag zur Abschaffung des Paragrafen 175 zu stellen.

„Es kann nicht sein", übernahm Leo sogleich das Gespräch und kam auf sein Lieblingsthema „Abschaffung des Paragrafen 175" zu sprechen, „dass wir bestraft werden, wenn wir uns mit einem jungen Mann einlassen, der nicht volljährig ist, und ein Hetero mit einem Mädchen alles anstellen kann, auf das er Lust hat, auch wenn sie noch nicht einundzwanzig ist. Das kann und darf nicht sein!"

Fritz war immer noch verärgert und fragte sich, wann Leo endlich wieder gehen würde, aber er machte keine Anstalten. Deshalb beteiligte sich Fritz nicht an dem Gespräch. Es schien jedoch so, dass Leo sich freute, endlich jemanden gefunden zu haben, mit dem er das Thema ausführlich diskutieren konnte.

„Herbert kann einen Antrag auf Gesetzesänderung stellen. Dazu müssen dann drei Lesungen im Bundestag angehört werden", sagte er. Leo rauchte filterlose Zigaretten. Seine Fingerspitzen waren gelb. Den Kaffee trank er schwarz.

„Die erste Lesung soll die Abgeordneten im Bundestag informieren. Ist das Thema bekannt, geht es an den entsprechenden Fachausschuss. Dort kommt es zu Beratungen und zur Anhörung von Sachverständigen."

Die Zweisamkeit wird wohl noch ein wenig auf sich warten lassen, dachte Fritz.

Die Kellnerin räumte die leeren Kuchenteller ab. Leo nutzte die Gelegenheit und bestellte ein weiteres Kännchen Kaffee.

Fritz nahm unauffällig den Würfelzucker von seiner Untertasse und steckte ihn in die Hosentasche.

„In der zweiten Lesung berichten die Ausschüsse dann über ihre Arbeit", fuhr Leo fort. „Anschließend wird über die gewünschten Änderungen abgestimmt."

„Ganz schön kompliziert", meinte Will, der sich in der Tat für das Thema interessierte, hier und jetzt im Café mit Fritz den Zeitpunkt dafür aber unpassend fand.

„Das ist nicht alles", sagte Leo. „Es gibt noch die dritte Lesung. In der wird das Gesetz nochmals diskutiert. Hier muss Herbert dann ganz schön Überzeugungsarbeit leisten. Viele von der Opposition werden natürlich dagegen stimmen. Wahrscheinlich kommt es sogar zu Änderungen. Am Ende erfolgt dann die Schlussabstimmung."

Die Kellnerin kam und sagte, dass sie abkassieren wolle, da sie gleich Schichtwechsel mache. Daraufhin trank Leo schnell sein zweites Kännchen Kaffee aus.

Sie zahlten.

Leo fuhr fort: „Ist die Gesetzesvorlage im Bundestag dann angenommen, geht sie in den Bundesrat. Auch wenn das ganze Verfahren sehr aufwendig und mit viel Arbeit verbunden ist: Wir müssen das auf uns nehmen! Nur so können wir unsere Situation verbessern und eine Gleichberechtigung für uns Homosexuelle erreichen."

Leo hat ja recht, dachte Fritz. Er bemerkt nur leider überhaupt nicht, dass ich mit Will allein sein will. Aber bald vergaß Fritz seinen Ärger. Er war zuversichtlich, dass sich sicher bald wieder eine neue Gelegenheit auftun würde.

Lager und Winter und Krankentransport und Viehwaggons,
und nur eine einzige kalte Verpflegungsration,
obwohl die Fahrt wer weiß wie viel Tage dauern wird.

Imre Kertész: *Kaddisch für ein nicht geborenes Kind*

In Flossenbürg

Beim Morgenappell an einem Tag im März 1939 ließ Lagerkommandant Rudolf Höß bekannt geben, dass einige Häftlinge in ein anderes Lager verlegt würden. Auch Fritz war unter ihnen. Er hatte eine halbe Stunde Zeit, seine Habseligkeiten zu packen. Schnell steckte er das gestreifte Nachthemd, Rasierzeug, Essgeschirr, Holzschuhe und die Briefe und das Foto von seiner Mutter und Tante Mieze in den Wäschesack.

Der Abschied von Heinz war kurz.

„Wir schreiben uns. Ich möchte auf jeden Fall wieder von dir hören", sagte Fritz. „Es war schön, dich kennenzulernen. Auch wenn ich uns andere, glücklichere Umstände gewünscht hätte."

„Halt durch, Fritz. Und lass dich nicht unterkriegen. Es werden wieder bessere Zeiten kommen", sagte Heinz und hatte wie immer das strahlende Lächeln in seinem Pausbackengesicht. Fritz fiel auf, dass sich Heinz' Geheimratsecken in den letzten Monaten vergrößert hatten.

Sie zogen sich in eine dunkle Ecke des rosa Blocks zurück und umarmten sich. Fritz unterdrückte die Tränen, und Heinz, so war Fritz' Eindruck, tat das auch.

Dann bestieg Fritz den ratternden, in stinkende Dieselschwaden gehüllten Lastwagen. Ein letztes Mal blickte er auf das noch immer im Schnee liegende Lager und erschrak. Wie vertraut ihm dieser Ort in den zwölf Monaten, die er hier hatte verbringen müssen, geworden war!

Sie fuhren an dem Erschießungsgraben vorbei, in dessen Nähe Häftlinge gerade das neue Krematorium erbauten, dann an den Baracken des Krankenreviers mit dem Leichenkeller, dem Ort medizinischer Experimente; schließlich an dem halbkreisförmigen Appellplatz mit dem großen Galgen. Daneben lag der Zellenbau, bevorzugter Ort für Hinrichtungen und Misshandlungen. Im Lager ging das Gerücht um, es gebe dort sogar eine Genickschussanlage. Den Häftlingen wurde vorgetäuscht, dass ihre Körpergröße gemessen würde. Standen sie dann an dem Metermaß an der Wand, ereilte sie durch ein Loch in der Mauer ein Schuss.

Neben dem Appellplatz lag die Schuhprüfstrecke, auf der Häftlinge auf Asphalt, Schotter und Waldboden mit schwerem Gepäck und im Laufschritt tagelang hin und her rennen mussten. Angeblich, um die Stiefel für die Wehrmacht zu testen. Dabei schrien SS-Männer unentwegt „Hinlegen!" – „Kriechen!" – „Aufstehen!".

Zum Schluss passierten sie das schmiedeeiserne Tor des Haupteingangs, an dem, wie angeblich an den Eingängen aller KZs, so hatte Fritz gehört, die Worte „Arbeit macht frei" standen.

Die Lastwagen brachten sie zum Bahnhof. Dort begann in kalten, nur spärlich mit Stroh ausgelegten Güterwaggons die mehrtägige Zugfahrt. Die Häftlinge wurden an den Knöcheln aneinander gekettet. Nur wenige Male am Tag bekamen sie Gelegenheit, ihre Notdurft zu verrichten. Zwar blieb der Zug immer wieder stundenlang im Nirgendwo stehen, doch aussteigen durften sie nicht. In den Waggons stank es schon nach wenigen Stunden fürchterlich, denn die meisten Häftlinge pinkelten einfach in eine Ecke. Am Abend mussten sie immer erst einen langen Fußmarsch zu einem Gefängnis antreten, ehe sie dort zu trinken bekamen.

In Sachsenhausen hatte Fritz schnell begriffen, dass das Verhältnis zwischen den unterschiedlichen Häftlingsgruppen streng hierarchisch war. Die mit einem roten oder grünen Winkel bildeten die Oberschicht, die mit einem rosa oder lila Winkel lagen irgendwo in der Mitte, und die mit einem gelben oder braunen waren ganz unten angesiedelt. Letztere wurden später, als man sich schon im Krieg befand, in die großen Lager nach Osten gebracht. Die SS behandelte sie noch grausamer als die Homosexuellen.

Wenn Fritz im KZ eine Überlebenschance haben wollte, musste er sich etwas einfallen lassen. Seit Tagen schon saß sein rosa Winkel locker, doch keiner der Aufseher hatte es bemängelt. In dem dunklen Güterwaggon begann er, mit Händen und Zähnen so lange an dem Winkel herumzuzerren, bis er ihn von der Jacke abgetrennt hatte. Er legte ihn erleichtert auf seine Handfläche, sah ihn ein letztes Mal an und schob ihn unter die Waggontür hindurch.

Die Fahrt schien kreuz und quer durchs Reich zu gehen. Die Männer sprachen wenig, meist starrten sie wortlos vor sich hin, schon gar nicht redeten sie über ihre ungewisse Zukunft. Wenn überhaupt ein kurzes Gespräch zustande kam, dann meist nur über eine Stadt, in deren Bahnhof sie gerade hielten, oder über das nassgraue Wetter des Spätwinters, soweit sie es im Waggon mitbekamen.

Das laute Schnarchen der Männer, das monotone Geratter des Zuges und die Eiseskälte im Waggon hielten Fritz vom Schlafen ab. Am schlimmsten an der Fahrt war jedoch die Ungewissheit. Wohin brachte man sie? Was würde mit ihnen geschehen?

Als er in der Morgendämmerung durch den Türspalt spähte, las er auf einem Schild „Leipzig". Ein anderes Mal „Gera". Und wieder ein anderes Mal „Hof an der Saale". Sie waren also in Bayern. Der Zug blieb wieder lange stehen, ohne dass Fritz den Grund dafür ausfindig machen konnte. Die Menschen auf dem Bahnsteig redeten Fränkisch. Fritz merkte es daran, weil die Taschen hier „Dragdaschn", die Pakete „Bägglä" und die Kofferwagen „Goffergarrn" ausgesprochen wurden.

Am dritten Tag fuhren sie durch ein dunkles, fichtenreiches Mittelgebirge. Plötzlich hielt der Zug wieder an.

„Alle aussteigen!", schrie ein SS-Mann.

Die Gegend wurde von einer grauen Burgruine aus Granit beherrscht. Überhaupt schien es hier viel von diesem Gestein zu geben. Unweit der Ruine lag ein Lager mit Baracken wie auf dem Reißbrett entworfen. Anders als das flachgelegene Sachsenhausen befand es sich an einem Hang. Sie hatten ihren Zielort erreicht und waren in Flossenbürg.

Am Bahnhof hielten sich viele Zivilisten auf. Ein kleines Mädchen fragte seine Mutter: „Warum haben die Männer denn Ketten an den Füßen?"

„Das sind böse Männer", antwortete die Mutter angewidert. „Die bringen kleine Kinder um." Sie packte das Mädchen fester an der Hand, zog es noch näher an sich heran und ging schnell weiter.

Eine andere Frau, mit einem großen, weißen Kopftuch, stand stumm am Bahnsteig, blickte mitleidsvoll auf die ausgemergelten Gestalten und wischte sich mit einem Taschentuch verstohlen die Tränen vom Gesicht. Eine Gruppe Bauernknechte ging wortlos an den Häftlingen vorüber und wirkte so, als würde sie sie nicht sehen.

Einer der SS-Männer beklagte, dass sie die Häftlinge am helllichten Tag und nicht im Schutze der Dunkelheit hatten aussteigen lassen, und wies den Untergebenen, der den Häftlingen den Befehl zum Aussteigen erteilt hatte, zurecht.

„Müssen das denn alle mitkriegen?"

Dann rief er im Lager an, und Lastwagen wurden vorgefahren. So blieb Fritz und den anderen mehr als hundert Häftlingen zumindest ein weiterer Fußmarsch erspart.

Als bei der Registrierung im Lager der zuständige SS-Mann feststellte, dass an Fritz' Jacke der Winkel fehlte, geriet er außer sich.

„Was soll das?", schrie er. „Wo ist dein Winkel?" Sein Kopf wurde hochrot, und Speichel spritzte aus seinem Mund.

„Ich habe ihn verloren", entgegnete Fritz kleinlaut. Seine Stimme und auch seine Hände zitterten, doch versuchte er dennoch, angstlos zu wirken.

Der SS-Mann schrie noch lauter. „Das ist ein Fluchtversuch!" Dann machte er eine Pause. Ohne ersichtlichen Grund beruhigte er sich plötzlich und fragte Fritz: „Warum bist du im KZ?"

Fritz verstand nicht, weshalb sich das Blatt plötzlich zu seinen Gunsten änderte. „Ich bin ein Politischer. War früher in der KPD", log er.

Daraufhin bekam er einen roten Winkel, der ihm wie eine Beförderung vorkam. Er wurde in die Lagerschneiderei geschickt, wo man ihm den neuen Winkel annähte. Anfangs schämte er sich ein wenig und fragte sich, ob er nicht den anderen Homosexuellen gegenüber ein Verräter sei. Schnell war er aber wieder der Überzeugung, dass er nicht mehr lange am Leben geblieben wäre, wenn er seinen rosa Winkel behalten hätte. Dafür hatte er im Klinkerwerk in Sachsenhausen zu viel erlebt.

In Flossenbürg bekam er eine neue Aufgabe. Da jeden Tag für tausende von Häftlingen Kartoffeln geschält werden mussten, wurde er dem Küchenkommando zugeteilt.

Tonio Kröger und seine Dame waren daran.
„Compliment!" Und Tonio Kröger verbeugte sich.
„Moulinet des dames!" Und Tonio Kröger,
mit gesenktem Kopf und finsteren Brauen,
legte seine Hand auf die Hände der vier Damen,
auf die Inge Holms, und tanzte „moulinet".

Thomas Mann: *Tonio Kröger*

Das Turnier

Wochenlang hatten Huberta und Fritz trainiert, mittwochabends in der Tanzschule Schlüter einen Kurs besucht und sonntagnachmittags im *Paarschritt* geübt. Endlich war der Tag des Tanzturniers da.

Fritz konnte vor Aufregung nichts essen, sondern lediglich ein paar Schluck Melissentee trinken. Schließlich dachte er nur noch: Hauptsache, es geht schnell vorbei. Wie, ist mir egal.

Huberta hingegen wirkte ruhig, und diese Ruhe tat Fritz gut.

Es handelte sich um ein Tanzturnier für Amateure, dennoch hatten sie, wie die anderen Paare auch, professionelle Tanzkleidung anfertigen lassen. Huberta trug ein türkisfarbiges Kleid aus Wildseide und dazu Schuhe im gleichen Ton. Das Kleid war schulterfrei, knöchellang und unten weit auslaufend. Am Dekolleté und am Saum schloss es mit breiten Federn. Fritz erschien im Frack, und um den Bauch trug er einen Kummerbund, genäht aus dem gleichen Stoff wie Hubertas Seidenkleid.

Fritz hatte die Charlottenburger Sporthalle, in der das Tanzturnier stattfand, noch nie betreten. Sie stammte aus dem 19. Jahrhundert, war an den Wänden reichlich mit dunklem Eichenholz vertäfelt und verfügte über eine schwere Empore, von der Fritz glaubte, sie könnte jeden Augenblick herunterkrachen. In der Wand über der Empore waren pastellfarbige Mosaiken eingelassen; sie schienen Szenen aus der griechischen Mythologie darzustellen. Zumindest glaubte Fritz eine nackte Männergestalt zu erkennen, die mit einem Stier kämpfte, und eine Frauenfigur mit bodenlangem Haar, die, in einer Muschelschale stehend, auf dem Meer schwamm.

Der vorsitzende Kampfrichter, in den fünfziger Jahren ein erfolgreicher Profitänzer, forderte die Paare auf, Position einzunehmen.

Das Turnier begann mit der Rumba. Huberta und Fritz tanzten eng umschlungen mit langsam kreisendem Hüftschwung. Nur ab und zu entließ er sie aus der Umarmung zum Zwecke einer kleinen Drehung, holte sie jedoch gleich wieder zu sich heran. Beide konzentrierten sich so sehr, dass sie ihre Umwelt gar nicht mehr wahrnahmen. Deshalb waren sie völlig überrascht, als plötzlich die Musik aufhörte und der Tanz zu Ende ging. Fritz führte Huberta schnell noch in eine elegante Drehung, um ihrer Darbietung einen angemessenen Abschluss zu geben.

Die fünf Kampfrichter begannen mit ihren Bewertungen. Von den fünfzehn teilnehmenden Paaren wurden immer nur die ersten fünf berücksichtigt. Drei Kampfrichter setzten Huberta und Fritz auf Platz 1, zwei auf Platz 2. Der Vorsitzende gab das Ergebnis bekannt: „Platz 1 für Huberta von Gouvenard und Fritz Weiss, Platz 2 für Lore und Sigurd Bröhd."

Huberta und Fritz jubelten.

Platz 3 ging an Margarete und Joseph Westermann, ein älteres Ehepaar, das Fritz nicht nur wegen seiner Tanzkleidung sehr spießig fand. Die Plätze 4 und 5 belegten zwei Geschwisterpaare, Antonie und Anton Teunitzer, die zudem auch noch Zwillinge zu sein schienen; und die mit Mitte zwanzig jüngsten Teilnehmer des Turniers, Heike und Reiner Meier-Kleinlig. Fritz war sich sicher, dass Anton Teunitzer und Reiner Meier-Kleinlig schwul waren. Deshalb tanzen sie also mit ihren Schwestern, dachte er.

„Vor der Wampe und der Dürren mit den schlechten Zähnen müssen wir uns in Acht nehmen", meinte Fritz über die Bröhds. „Das sind unsere stärksten Konkurrenten."

„Sei nicht so gehässig", sagte Huberta mehr scherzhaft als ernst und stieß ihm mit dem Ellenbogen in die Seite.

Dann folgte die Samba, bei der sie den kreisenden Hüftschwung der Rumba – wenn auch jetzt wesentlich schneller – wieder aufnahmen und ihre Füße synkopisch gegen den Rhythmus der Musik setzten. In federnden Schritten bewegten sich Huberta und Fritz nach vorne, nach hinten, nach links und nach rechts. Sie gingen vom Grundschritt in den Seitschritt und vom Seitschritt in den Grundschritt, und der schnelle Tanz brachte sie mächtig ins Schwitzen.

Die Wampe schwitzt noch stärker als wir, dachte Fritz schadenfroh, und die Dürre mit den schlechten Zähnen keucht wie ein Pferd. Er spürte eine gewisse Genugtuung.

Wieder gaben die Kamprichter ihre Bewertung ab. Diesmal lagen die Bröhds vorn. „Platz 1 für das Ehepaar Bröhd, Platz 2 für Gouvenard/Weiss", teilte der Vorsitzende mit. Die Geschwister Meier-Kleinlig kamen bei der Samba sogar auf Platz 3, die Westermanns und die Teunitzers aber nicht einmal unter die ersten fünf.

Die Bröhds waren voller Freude, konnten diese aber nicht zum Ausdruck bringen. Schweißgebadet und atemlos standen sie da. Sigurd Bröhd zog ein übergroßes weißes Taschentuch aus seiner Hosentasche und trocknete damit sein Gesicht. Lore Bröhd schlurfte erschöpft zu einem Tisch am Rande der Tanzfläche, ergriff ein großes Glas Mineralwasser und trank es in einem Zug leer.

Der dritte Tanz folgte.

„Eins, zwei, drei, Cha-Cha, vier, fünf, sechs. Eins, zwei, drei, Cha-Cha, vier, fünf, sechs." Fritz zählte die Schrittfolge von Sam Cookes *Everbody Loves to Cha Cha Cha* leise mit.

Wieder belegten sie Platz 1 und ihre Konkurrenten Platz 2. Auf die Plätze 3 bis 5 kamen diesmal ganz andere Teilnehmer, deren Namen Fritz an diesem Tag noch nicht gehört hatte.

Beim Quickstepp strahlten Huberta und Fritz immer noch übers ganze Gesicht, obwohl das Tempo mörderisch und der Tanz immerhin schon der vierte ohne Pause war. Kreuzschritt vorwärts – Kreuzschritt rückwärts – Vierteldrehung nach links – Kreiseldrehung nach rechts. Wieder kamen Huberta und Fritz auf Platz 1, und die Bröhds auf Platz 2. Die Westermanns, Teunitzers und Meier-Kleinligs waren jetzt weit abgehängt und konnten ihnen den ersten und zweiten Platz nicht mehr streitig machen.

Noch ein Tanz. Dann würde Halbzeit sein und es eine Pause von einer Stunde geben. Sie würden fünf der zehn Tänze getanzt haben und in Führung liegen. Fritz wurde allmählich zuversichtlich.

Es kam der Wiener Walzer, den Huberta und Fritz abwechselnd links- und rechtsherum tanzten. Rechtsdrehung – Rechtsfleckerl – Linksdrehung – Linksfleckerl. Die beiden hatten Herzrasen.

Doch dann stieß Fritz plötzlich einen langen, spitzen Schrei aus. Ein sengender Feuerpfeil durchschoss sein Bein, raste von der Ferse in die Kniekehle, verblieb dort eine Weile und eilte in die Ferse zurück, ohne an Intensität zu verlieren. Fritz schrie immer noch. „Diese blöde Wampe! Diese blöde Wampe!"

Bei einem seiner Rückwärtsschritte war Sigurd Bröhd Fritz mit voller Wucht in die Ferse getreten und hatte seine Achillessehne genau mit der Kante des Schuhabsatzes erwischt. Wie in Zeitlupe ging Fritz in die Knie. Huberta versuchte ihn aufzufangen. Da er ihr aber zu schwer wurde und sie nach unten gerissen zu werden drohte, ließ sie ihn los. Mit einem dumpfen Schlag ging Fritz zu Boden. Der vorsitzende Kampfrichter gab ein Handzeichen, und sofort verstummte die Musik aus der Anlage.

Die Tänzer brachen ab. Fritz lag am Boden; Huberta beugte sich über ihn.

„Verflixt! Wir müssen weitermachen", jammerte er. „Hilf mir auf die Beine, Huberta!"

Huberta reagierte nicht.

„Hilf mir auf die Beine!"

Fritz sah nur Köpfe über sich. Den von Huberta und die der Kampfrichter. Sogar Sigurd Bröhds stand mit betroffenem, schuldbewusstem Ausdruck herum, und auch der gut aussehende Reiner Meier-Kleinlig blickte mitleidsvoll zu ihm herab.

„Wo tut's denn weh?" – „Was ist denn passiert?", hörte er die Köpfe über sich fragen.

„Kannst du aufstehen?" Huberta kniete sich neben ihn.

„Können Sie Ihr Bein bewegen?"

„Entschuldigen Sie bitte. Tut mir leid. War keine Absicht", stammelte Sigurd Bröhd.

Fritz blieb liegen. Er konnte sein Bein nicht bewegen, und schon kamen zwei Sanitäter mit einer Bahre.

„Ein Schwuler als Kapo, na, der hat in unserer Sammlung gerade noch gefehlt." Dabei stieß er mir kräftig den Stock in den Magen.

Heinz Heger: *Die Männer mit dem rosa Winkel*

Die Beförderung

In Flossenbürg wurde Fritz Greipls Block und Kommando zugeteilt. Vom ersten Tag an konnte er Greipl noch weniger leiden als die anderen Aufseher. Das lag daran, dass Fritz den Eindruck hatte, auch Greipl hasste ihn mehr als die anderen Häftlinge. Fritz verabscheute seine Fratze, seinen Namen und seine Sprache. Diese dunklen, dumpfen Laute, die er von sich gab und die für die Menschen der Oberpfalz angeblich typisch waren. Mehr gebellt als gesprochen, seine kehligen Wörter klangen, als spräche er sie ohne Vokale aus. Und dann das Lispeln!

Im Winter begann der Tag in Flossenbürg um fünf, im Sommer um vier. Innerhalb einer halben Stunde mussten sich die Häftlinge waschen, anziehen und ihr Bett so bauen, wie es angeblich bei der Wehrmacht üblich war. Dann gab es Frühstück, das aus wässrigem Kaffee und einer Scheibe Brot bestand. Alles musste aus einem Blechgeschirr verzehrt werden. In den ersten Jahren bekamen sie zum Brot noch ein Stück Butter. Dann, im Krieg, fiel die Butter weg.

Nach dem Frühstück marschierten sie zum Morgenappell auf dem großen Appellplatz zwischen Häftlingsküche und Wäscherei, bei dem sie oft stundenlang stillstehen mussten. Mittags gab es eine halbstündige Pause. Gegessen wurde am Arbeitsplatz; es gab Kartoffeln oder eine Suppe mit einer kleinen Wurst- oder Fleischeinlage. Später wurde auch diese Einlage immer seltener und fiel schließlich ganz weg.

Im Winter endete die Arbeitszeit mit Einbruch der Dunkelheit, im Sommer um halb sieben. Abends fand nochmals ein Zählappell statt, der mindestens eine Stunde, aber auch viel länger dauern konnte. Danach bekam jeder zwei Löffel Suppe, und dann ging es in die Baracken. Manche Häftlinge unterhielten sich in kleinen Gruppen, manche zogen sich zurück und schrieben Briefe oder zeichneten. Um neun ging das Licht aus.

Fritz war froh, nicht mehr wie in Sachsenhausen im Freien arbeiten zu müssen. Den ganzen Tag über hatten ihn dort schwerbewaffnete Aufseher mit scharfen Hunden bewacht. Zwar wurde er auch in Flossenbürg beim Küchendienst in der Häftlingsküche von bewaffneten Aufsehern bewacht, doch die Hunde fehlten. Insgesamt ging es nicht so hart zu wie draußen, und er hatte immer ein Dach über dem Kopf.

Am Vormittag und oft auch am Nachmittag schälten Fritz und die anderen Häftlinge seines Kommandos Kartoffeln. Fritz war schnell. Durch die tägliche Übung wurde er immer schneller.

Er erinnerte sich, wie sein Lehrer im Deutsch-Unterricht die Legende vom Alten Fritz und der Kartoffel erzählt hatte. Er wusste nicht, ob die Geschichte stimmte, aber sie gefiel ihm. Da sich die Bevölkerung Preußens damals weigerte, die unbekannte Frucht zu essen, soll sich Friedrich der Große eine Finte ausgedacht haben. Rund um Berlin ließ er Kartoffelfelder anlegen. Dann erteilte er seinen Soldaten den Befehl, so zu tun, als ob sie die Felder streng bewachten. Dadurch sollte der Eindruck entstehen, auf den Feldern würde etwas Besonderes und Wertvolles angebaut. Wenn Bauern aus der Gegend nachts auf die Felder schlichen, sollten die Soldaten so tun, als würden sie sie nicht bemerken. Und die Finte funktionierte. Die Bauern stahlen die Frucht und aßen sie. Anfangs allerdings roh. Der König ließ deshalb erklären, dass sie gekocht gegessen werden müsse.

Ganz schön schlau, der Alte Fritz, dachte Fritz. Und hatte der nicht auch was mit Männern? Mit seinen Lakaien und so? In Sanssouci?

Schon als Kind liebte Fritz Kartoffeln über alles – in welcher Form auch immer. Die Berliner Kartoffelsuppe seiner Mutter mit Würstchen schmeckte hervorragend, und Tante Miezes Reibekuchen mit selbst gemachtem Apfelkompott einfach sagenhaft. Tante Mieze hatte Köchin gelernt und mehrere Jahre in einem Hotel am Tegernsee gearbeitet, in dem man ihr beibrachte, wie man Klöße macht. Als sie dann nach Berlin zurückkehrte, nahm sie die bayerischen Kochrezepte mit. Fritz erinnerte sich, dass Tante Mieze ihn und seine Eltern sonntags oft zum Mittagessen einlud. Dann gab es Schweine- oder Rinderbraten mit Klößen und Sauerkraut oder Rotkohl. Das sonntägliche Mittagessen bei Tante Mieze wurde stets zu einem Festmahl, und ihre Klöße waren seiner Meinung nach die besten in ganz Berlin!

In den ersten Jahren wurden die Kartoffeln im KZ noch geschält, die Schalen an das Vieh verfüttert oder einfach weggeworfen. Später dann, in den Kriegsjahren, schälte man die Kartoffeln nicht mehr; man aß sie mit der Schale. 1942 wurde das Küchenkommando verkleinert, und die übrig gebliebenen Häftlinge waren nur noch für das Kochen der Kartoffeln zuständig.

Angeblich weil Fritz der schnellste Kartoffelschäler war, wurde er von Doleschal, dem die Häftlingsküche unterstand, bald zum Kapo des Küchenkommandos befördert und bekam eine schwarze Armbinde mit einem großen, weißen K darauf. Durch den Posten wurde ihm eine eigene Stube in der Baracke der Kapos zugeteilt. In dem kleinen und einfach eingerichteten Raum gab es einen Stuhl und einen Tisch, eine Pritsche, ein Waschbecken, ein Klo und einen kleinen Ofen, dessen Abzug nie richtig funktionierte, weshalb es in dem Raum stets nach Rauch stank. Aber Fritz hatte eine Stube für sich allein und musste nicht mehr das lästige Schnarchen in den stickigen Massenunterkünften und die langen Schlangen vor den Toiletten hinnehmen. Doch vor allem war er froh, nicht mehr zu Greipls Block und Kommando zu gehören.

Bereits in Sachsenhausen und jetzt auch in Flossenbürg wies die Lagerleitung die Häftlinge darauf hin, dass Sexualkontakte zwischen Männern und Frauen im Konzentrationslager verboten waren. Darauf stand die Todesstrafe. Fritz verstand nicht, warum man immer wieder darauf verwies, gab es in Sachsenhausen und Flossenbürg doch sowieso keine Frauen, und wenn, dann riegelte sie die SS so streng von den Männern ab, dass man sie nie zu Gesicht bekam. Frauen steckten die Nazis doch in das eigens für sie bestimmte KZ Ravensbrück.

Interessant fand Fritz, welche weiteren Vorrechte die Kapos den anderen Häftlingen gegenüber genossen. So duldete es die KZ-Leitung, dass sich ein Kapo als Ersatz für eine Frau einen Mann nahm. Nahezu jeder Kapo hatte einen Geliebten. Man erlaubte das aber nur deshalb, vermutete Fritz, weil Kapos in der Regel nicht schwul waren. Fritz schien da eine Ausnahme zu sein, und so freute er sich insgeheim umso mehr, dass ihm die Nazis in Flossenbürg, von denen keiner wusste, dass er sich zu Männern hingezogen fühlte, das Recht einräumten, einen Geliebten zu haben.

Schon wenige Wochen nach seiner Beförderung zum Kapo lernte Fritz einen blonden, gut aussehenden Polen Anfang zwanzig kennen. Der junge Mann hieß Jan.

Die Eingangstür des Hauses war angelehnt,
ich stieg die Treppe hoch, klingelte und wartete.
In der Wohnung standen die Türen auf,
ich sah es durch das Glas der Eingangstür.

Bernhard Schlink: *Der Vorleser*

Besuch

Bei dem Tanzunfall war die Achillessehne gerissen. Fritz wurde operiert und bekam einen Gips. Eine Woche musste er im Auguste-Viktoria-Klinikum bleiben, den Gips sechs Wochen lang tragen.

Fritz haderte mit sich und seiner Situation. Huberta und er hatten in Führung gelegen und hätten das Tanzturnier bestimmt gewonnen. Warum musste ihm dieser blöde Bröhd in die Ferse treten! Wochenlang würde er nicht mehr tanzen können. Ja, Fritz war sauer. Aber es hatte auch sein Gutes: In den nächsten Wochen musste er nicht ins Büro, und er hatte ein Einzelzimmer, in dem er es sich gut gehen lassen konnte.

Fritz machte sich Sorgen. Wie würde sein Bein aussehen, wenn der Gips abgenommen wurde? Wahrscheinlich spindeldürr. Wann würde er wieder richtig tanzen können? Würde er je wieder richtig tanzen können?

„Es ist eine ganz normale Verletzung, Herr Weiss", versicherte Dr. Horn, der behandelnde Arzt, hinter seiner dicken Brille. „Der Eingriff war eine Routineoperation, die erfolgreich verlaufen ist. Bald werden Sie wieder tanzen wie früher."

Fritz blieb dennoch skeptisch.

Er bekam Besuch. Die stets traurig wirkende und überaus korrekt gekleidete Rose Cohen, die Sekretärin aus seiner Abteilung, besuchte ihn als Erste, und sie brachte Fritz einen großen

Blumenstrauß aus orangefarbigen Lilien und eine Schachtel Lindt-Pralinen mit. Im Namen von Theo Feltow und der ganzen Abteilung bestellte sie herzliche Grüße. Eine größere Freude als Süßigkeiten hätte sie Fritz nicht machen können. Rose Cohen setzte sich auf die Bettkante und erzählte das Neueste aus der Versicherung.

„Wir vermissen Sie und freuen uns schon, wenn Sie wiederkommen."

Rose Cohen trug wie immer ein schwarzes Kostüm mit einer weißen Bluse und darüber eine Perlenkette. Jeder in der Abteilung wusste, dass sie durch den Holocaust fast ihre ganze Familie verloren hatte. Nur ihr Bruder und sie überlebten. Der Bruder ging 1938 nach Palästina, doch sie selbst hatte nicht genug Geld, um ihm zu folgen. Während des Kriegs betrieb eine Bekannte ihrer Großmutter einen Kiosk in einer Kleingartenanlage an der Spree. Im hinteren Teil des Kioskhäuschens befand sich ein kleiner Raum, in dem Rose Cohen sich sechs Jahre lang versteckt hatte.

Fräulein Brackmann hatte sie einmal erzählt, dass sie ihre Notdurft immer auf einem Nachttopf verrichten musste, da sich in dem Kioskhäuschen keine Toilette befand. Dies war ihr sehr peinlich und in all den Jahren das Schlimmste überhaupt. Frau Tilmans, die Kioskbetreiberin, musste jeden Tag mehrmals den Nachttopf leeren, was Rose Cohens Schmach nur noch vergrößerte.

Wenn Fliegeralarm war und alle in die Luftschutzbunker flüchteten, blieb Rose Cohen alleine zurück. Dann hatte sie unheimlich Angst. Einmal fing das Nachbargebäude Feuer. Die Flammen schlugen in Richtung Kiosk, der beinahe ebenfalls den Flammen zum Opfer gefallen wäre. Bei Kriegsende war Rose Cohen nur noch Haut und Knochen. Die Essensmarken ihrer Retterin hatten schon für eine Person kaum gereicht, geschweige denn für zwei.

Fritz sah Rose Cohen verstohlen an, wie sie schüchtern und unscheinbar auf der Kante seines Krankenhausbettes saß. Warum sprach er sie nicht auf ihre Zeit im Dritten Reich an? Warum erzählte er ihr nicht von seiner Vergangenheit unter den Nazis? Dass er im KZ war. Dass er einen rosa Winkel tragen musste. Sie hätten sich bestimmt viel zu erzählen gehabt, teilten sie doch ein ähnliches Schicksal.

Einen Tag nach Rose Cohen erschien Huberta. Ihr Blumenstrauß war noch größer. Gelbe Teerosen. Mindestens dreißig Stück.

„Mach dir keine Sorgen, Fritz. Das Tanzturnier wird nachgeholt. Wahrscheinlich aber erst im nächsten Jahr", sagte sie freudestrahlend.

Fritz freute sich. Sie hatten also doch eine zweite Chance, und er war sicher, dass sie dann gewinnen würden.

Huberta blieb lange und erzählte viel.

„Hast du denn jemand, der sich um dich kümmert?"

„Ich brauche keine Hilfe!", antwortete Fritz patzig.

„Hast du Verwandte oder Freunde?"

„Sei nicht so neugierig!", fauchte er sie an. „Ich habe keine Freunde und ich brauche auch keine. Ich habe nur eine alte Tante, die ist Anfang neunzig und lebt in einem Altersheim im Wedding."

Stille trat ein. Nur das leise Ticken des Weckers neben dem Bett war zu hören.

„Entschuldige", sagte Huberta. „Ich wollte nicht indiskret sein. Aber wer soll für dich einkaufen? Mit dem Gips kannst du doch unmöglich Treppen steigen, geschweige denn, bis zum nächsten Geschäft laufen. Du brauchst Stunden, bis du dort bist, und nochmals Stunden, bis du wieder zurück bist."

„Danke, das ist nett von dir, Huberta. Aber wie schon gesagt: Ich brauche keine Hilfe." Es tat ihm jetzt leid, dass er sie so angefaucht hatte.

Als einen Tag später Will erschien, war Fritz überrascht. Er wäre am liebsten aus dem Bett gesprungen und ihm um den

Hals gefallen, wenn er mit dem Gips gekonnt hätte, so sehr freute er sich. Erwin, den er vom Krankenhaus aus angerufen hatte, um ihm mitzuteilen, dass er wegen seines Gipses die nächsten Wochen nicht zu den Ausflügen der Graubären kommen könne, hatte Will erzählt, dass Fritz im Krankenhaus lag. Will drückte Fritz fest an sich, was Fritz einerseits befremdete, denn sie kannten sich nur oberflächlich, andererseits aber gefiel, denn seine Nähe und Zuneigung nahm er gerne an.

Aus Verlegenheit sprachen sie über die aktuellen Neuigkeiten. Erst am Vortag war Andreas Baader, der in Tegel im Gefängnis saß, von der Journalistin Ulrike Meinhof befreit worden, als er sich zu Recherchezwecken im Deutschen Zentralinstitut für soziale Fragen in Dahlem aufhielt. Seitdem fehlte von Baader und Meinhof jede Spur.

Fritz sah Will heimlich an. Es wäre ihm peinlich gewesen, wenn Will seinen begehrenden Blick bemerkt hätte. Fritz mochte Will. Besonders mochte er seine blauen Augen, und jetzt in diesem Augenblick wusste er auf einmal, an wen sie ihn erinnerten.

Hitler und Göring stehen auf dem Berliner Funkturm. Hitler sagt, er möchte den Berlinern eine Freude machen. Darauf sagt Göring zu Hitler: „Dann spring doch vom Turm."

Rudolph Herzog: *Heil Hitler, das Schwein ist tot*

Jan

Am 1. September 1939 hatte Hitler den Polenfeldzug begonnen. Im Reichstag hielt er eine hetzerische Rede, die auch im Konzentrationslager Flossenbürg übertragen wurde. Aggressiv dröhnte die Stimme des Führers aus den Lautsprechern auf dem Appellplatz und drang bis in die hinterste Ecke des Lagers.

Polnische Soldaten hätten in der Nacht Deutschland angegriffen, schrie der Führer. Deshalb werde seit 5:45 Uhr zurückgeschossen. Von jetzt an, fuhr er fort, werde Bombe mit Bombe vergolten, und wer mit Gift kämpfe, werde mit Gift bekämpft.

Deutschland befand sich also im Krieg. Bereits nach wenigen Wochen kapitulierte Polen. Die Nazis sperrten die Intellektuellen des Landes ein, brachten die Juden in Ghettos und siedelten die einheimische Bevölkerung nach Osten um. Schon kamen die ersten polnischen Häftlinge nach Flossenbürg.

Als sie auf dem Appellplatz ausstiegen, fiel Fritz sogleich ein junger Mann auf. Er mochte Anfang zwanzig sein und hatte leuchtend blaue Augen. Es handelte sich um ein Blau, das Fritz von den Leuten in Deutschland nicht kannte. Es war anders. Ganz anders. Ein Blau, das man den Menschen im Osten Europas nachsagte. Schon von Weitem leuchtete es ihm entgegen, auch wenn er den jungen Polen noch gar nicht richtig sah. Gerade wegen dieser Augenfarbe fand Fritz ihn so anziehend.

In Flossenbürg wurden die Homosexuellen nicht wie in Sachsenhausen in einem rosa Block untergebracht, sondern nach ihrer Nationalität oder ihrem Kommando. So gab es dort beispielsweise einen Franzosen- und Russenblock, mehrere Steinbruchblocks und einen Wäschereiblock.

Daher wusste Fritz ziemlich genau, wo er den Blauäugigen suchen musste. Sobald sich am Abend nach dem Appell die Gelegenheit bot, begab sich Fritz zum Polenblock. Dort ging er langsam auf und ab und blickte dabei immer wieder auf die ärmliche Holzbaracke. Schon trat der junge Mann aus dem Block heraus. Ob das Zufall war?

„He, verstehst du Deutsch? Wie heißt du denn?"

„Ja. Ich bin Jan", sagte der Pole nahezu akzentfrei.

Jan erzählte Fritz, dass er einer Warschauer Künstlerfamilie entstamme, und sowohl seine Eltern als auch seine Großeltern seien dort berühmte Schauspieler gewesen. Er berichtete weiter, dass er in Warschau Schauspiel studiert habe und Mitglied einer Studentenbewegung gewesen sei, in deren Zeitung er regelmäßig Hitler-Witze veröffentlicht hatte, bis die Nazis ihn festnahmen.

Bereits am nächsten Abend nach dem Appell ging Fritz wieder vor dem Polenblock so lange auf und ab, bis der junge Mann aus der Baracke trat.

„Ich bin Kapo", sagte Fritz, „wie du unschwer an meiner Armbinde erkennen kannst. Hast du Lust, mit mir auf meine Stube zu kommen? Du brauchst keine Angst vor den Aufsehern zu haben, denn Besuch ist dort erlaubt."

Jan ging mit. Dort erzählte er Fritz von der Ausgabe der Studentenzeitung, die am 1. September erschienen war und den Witz enthielt, der ihm zum Verhängnis wurde. Der Witz ging so: Drei Schweizer unterhalten sich im Juli 1939 über ihre Urlaubspläne. Sie wollen im Deutschen Reich Urlaub machen. Der Erste will nach München, der Zweite nach Hamburg, der Dritte nach Warschau. „Aber Warschau liegt doch gar nicht in Deutschland", wenden die beiden anderen ein. Darauf sagt der Dritte: „Ich nehme meinen Urlaub ja erst im Oktober."

Bereits einen Tag nach Erscheinen des Witzes machten die deutschen Besatzer Jan ausfindig. Mit dem Zug brachten sie ihn in ein Gefängnis nach Berlin und kurz darauf nach Flossenbürg.

Fritz sah Jan tief in die blauen Augen. Dann küsste er ihn kurz auf den Mund. Aus dem kurzen Kuss wurde ein langer, leidenschaftlicher, ihre Zungen glitten tief in ihre Münder. Fritz streichelte Jans athletischen, aber dennoch zarten Körper. Jan hatte muskulöse Arme und Beine, an seinen Händen und Füßen traten die Adern stark hervor und verrieten, dass er viel Sport trieb.

Am darauffolgenden Abend fand dasselbe Ritual statt. Fritz ging nach dem Abendappell vor dem Polenblock auf und ab, und wieder trat Jan sofort aus der Baracke heraus.

An diesem Abend schliefen sie miteinander. Fritz leckte über Jans nur mit einem schwachen Flaum bedeckte Brust und küsste jede Stelle seiner muskulösen Arme und Hände. Dann drang er in ihn ein, und sie kamen unter heftigem Stöhnen zum Höhepunkt.

Wie widersinnig das alles ist!, dachte Fritz. Im Tiergarten haben sie mich verhaftet, weil ich mich mit einem Mann eingelassen habe, und mich ins KZ gesteckt. Und hier im KZ mache ich jetzt genau das, wofür sie mich eingesperrt haben.

Anfangs war die Beziehung zwischen Jan und Fritz eine Zweckgemeinschaft. Fritz holte den blonden Polen abends in seine Stube, und es gefiel Fritz, ihn zu nehmen. Als Kapo des Küchenkommandos sorgte er dafür, dass sein Geliebter zusätzliche Essensrationen erhielt, und versprach, sich beim Lagerältesten dafür einzusetzen, dass Jan eine einfachere Arbeit außerhalb der Steinbrüche bekam.

Die Abende mit Jan liefen oft lustig ab. Jan, der junge Schauspieler, sprang unverhofft von der Pritsche auf und warf sich die kratzende Decke über. Dann schlüpfte er in die unterschiedlichsten Theaterrollen und rezitierte berühmte Liebesszenen: das Geständnis Mortimers an Maria Stuart, Don Carlos' an seine

Stiefmutter Elisabeth und Fausts an Margarete. Auch *Frühlings Erwachen* gehörte zu seinem Repertoire. Insbesondere die Szene, in der Wendla Melchior anfleht, sie zu schlagen.

Die Abende mit Jan konnten auch durchaus romantisch sein. Fritz und Jan lagen sich in den Armen und rieben ihre kalten Füße so lange aneinander, bis sie warm wurden. Dabei blickten sie durch das kleine Fenster in den nächtlichen Himmel und betrachteten die Sterne. Schade, dachte Fritz jedes Mal, dass Jan nicht die ganze Nacht bleiben durfte, sondern zum Abpfeifen in seine Baracke zurückkehren musste.

Ab und zu passierte es Fritz dennoch immer mal wieder, dass er Angst bekam, er könnte mit Jan erwischt werden, auch wenn die Kapo-Geliebten von der KZ-Leitung geduldet wurden, aber er traute ihnen nicht. Wer sollte einem SS-Mann auch trauen – vor allem als Häftling? Im Laufe der Zeit zeigte die Erfahrung aber, dass in den Kapostuben nie Kontrollen durchgeführt wurden, und so hatten sie abends vor den Aufsehern ihre Ruhe.

Das nervenaufreibende, endlose Bellen der Hunde raubte Fritz in seiner Stube dagegen oft bis zum Morgengrauen den Schlaf. Selbst wenn er todmüde ins Bett fiel, das Kläffen der Hunde ließ ihn auch nachts nicht vergessen, dass er sich im KZ befand.

Dank seiner Beziehung zu Jan sah Fritz zum ersten Mal seit seiner Deportation ins KZ wieder einen Sinn in seinem Leben. Und auch hatte Fritz endlich wieder ein Ziel vor Augen: den Willen zu leben, zu überleben und das KZ eines Tages zu verlassen und in die Freiheit zurückzukehren. Auf einmal konnte er vieles besser ertragen: die endlos langen und schikanösen Morgen- und Abendappelle, die bei jedem Wetter stattfanden, die fortwährenden Kontrollen seines Kommandos, wozu ihn seine Position als Kapo verpflichtete. Der schreckliche Fraß am Morgen, Mittag und Abend, der nicht mal ausreichte, um den Magen voll zu bekommen. Und Fritz konnte besser wegschauen: Wenn er einer Bestrafung oder gar Hinrichtung beiwohnen musste, so dachte er, um sich abzulenken, an die schönen Stunden mit Jan, die sie bereits am Abend wieder erleben würden.

Seit Fritz und Jan diese enge Beziehung führten, achtete Fritz noch mehr darauf, dass Jan gut behandelt wurde. Abends begab er sich noch öfter in die Häftlingsküche und besorgte ihm Essen, und schließlich erreichte er beim Lagerältesten, dass Jan in Manchingers Kommando der KZ-Wäscherei aufgenommen wurde.

Die Zeit ist kostbar. Theseus, höre mich!
Ich selbst war's, die ein lasterhaftes Auge
Auf deinen keuschen Sohn zu richten wagte.

Jean Racine: *Phädra*

Das Geständnis

Nachdem Fritz aus dem Krankenhaus entlassen worden war, besuchte ihn Huberta jede Woche.

„Tut mir leid, dass ich dich im Krankenhaus so angefaucht habe", sagte er bei ihrem ersten Besuch in seiner Wohnung. „Ich weiß, du hast es gut gemeint."

„Ist schon gut." Huberta lächelte.

Fritz fühlte sich schlecht, seit er Huberta so angelogen hatten. Er hatte ihr gegenüber Schuldgefühle, kam sich schäbig vor und fand, dass sie, die ihm zur Freundin geworden war, es nicht verdient hatte, so von ihm behandelt zu werden.

„Ich möchte dir was sagen." Fritz zögerte. „Als du mich mal gefragt hast, ob ich Bayern kenne, habe ich gesagt, dass ich nie dort war."

Huberta nickte.

„Das stimmt nicht." Wieder zögerte Fritz. Seine Stimme wurde schwächer, und er musste sich räuspern. „Ich war sechs Jahre lang in Bayern. Unter den Nazis. In Flossenbürg, falls dir der Name was sagt."

„Natürlich sagt mir der Name was, Fritz."

„Und willst du wissen, warum ich dort war?"

Huberta schwieg und blickte ihm in die Augen.

„Die Nazis haben mir einen rosa Winkel verpasst ..." Er sah sie fragend an.

„Ich weiß, was der rosa Winkel bedeutet, Fritz." Sie bekam feuchte Augen und blickte zu Boden. Dann meinte sie: „Ich weiß nicht, was ich sagen soll, Fritz. Das alles tut mir unendlich leid. Ich weiß gar nicht, ob man in so einer Situation die richtigen Worte für jemanden finden kann. Du musst Unvorstellbares durchgemacht haben."

Fritz lehnte sich in seinem Sessel zurück. Er war plötzlich erleichtert, entspannter. Huberta dankte ihm für das entgegengebrachte Vertrauen.

„Komm, lass uns auf unsere Freundschaft anstoßen", meinte Fritz nach einer Weile. Er humpelte in die Küche zum Kühlschrank und kam mit einer Flasche Sekt und zwei Gläsern zurück. Er stellte die Gläser auf dem Tisch ab, und obwohl er die Flasche ganz vorsichtig entkorkte, schäumte sie stark über, und Sekt tropfte auf den Tisch. Fritz sah zunächst unbeholfen drein, dann holte er schnell einen Lappen aus der Küche und wischte damit den Sekt auf. Erst jetzt füllte er die beiden Gläser vorsichtig bis zum Rand, damit sie nicht überliefen. Sie stießen an.

Huberta und Fritz erzählten sich von ihren Familien. Fritz' Mutter kam aus einer bürgerlichen, protestantischen Berliner Familie. Die Vorfahren von Fritz' Vater stammten aus dem katholischen Schlesien und waren Handwerker.

„Mein Vater war überzeugter Sozialdemokrat", sagte er. „Die Monarchie hat er verabscheut. Ich erinnere mich, dass er sich wie ein Kind freute, als Wilhelm II. im November '18 abdanken und ins Exil musste. Von den Nazis hielt er nicht viel, wurde dann aber doch ziemlich schnell zum Mitläufer. Das lag vor allem daran, dass er von ihren technischen Neuerungen wie dem Autobahnbau und was weiß ich nicht alles fasziniert war."

Die Familie von Fritz' Vater war Mitte des 18. Jahrhunderts nach Berlin gekommen. „‚Handwerk hat goldenen Boden', hat mein Vater immer gesagt und war total sauer, als ich bei der Versicherung anfing und nicht wie er Maurer wurde. Er war enttäuscht, dass ich nicht handwerklich begabt war und mich nicht wie die anderen Jungs nachmittags auf dem Fußballplatz herumtrieb."

Fritz' Mutter brachte drei Kinder zur Welt. Das erste war eine Totgeburt, das zweite starb, als es gerade zwei Jahre alt war.

„Unsere Familien, meine und die von Giselher, kommen aus Ostpreußen", erzählte Huberta. „Die Gouvenards mussten im 17. Jahrhundert aus Frankreich fliehen, da sie Hugenotten waren. Ich bin eine geborene Freiin von Behren und war früher eine ziemlich arrogante Kuh!"

Huberta lachte.

Beide nahmen einen kräftigen Schluck aus ihrem Glas.

„Du kannst dir das gar nicht vorstellen, Fritz. Eine eitle Ziege war ich, völlig etepetete. Einen Standesdünkel hatte ich! Durch den Krieg hat sich aber viel verändert. Sehr viel. Auch ich habe mich verändert. Heute bin ich froh, dass es so gekommen ist. Ich war ein verzogenes Einzelkind. Als meine Mutter mit vierzig – keiner glaubte zu diesem Zeitpunkt noch an Nachwuchs – doch schwanger wurde, war mein Vater enttäuscht, weil meine Mutter ‚nur' eine Tochter zur Welt gebracht hatte. Er hatte sich einen Sohn gewünscht und für diesen, da er ein leidenschaftlicher Jäger war, den Namen Hubertus gewählt. Weil er nun aber Vater eines Mädchens wurde, ließ er mich kurzerhand auf den Namen Huberta taufen. Ist das nicht gemein?"

„Der Name ist doch was Besonderes", meinte Fritz.

„Ich finde den Namen so schrecklich, Fritz! Auch meine Mutter verabscheute ihn. Sie konnte sich gegen meinen Vater aber wieder einmal nicht durchsetzen."

Huberta sah Fritz an. Dann griffen beide nach ihren Gläsern und leerten sie.

„Durch den Krieg haben wir unser ganzes Hab und Gut verloren. Im April '45 mussten wir fliehen. Giselher war in Gefangenschaft, Freya kein Jahr alt. Er hatte die Kleine bis dahin nur ein einziges Mal gesehen, zu Weihnachten, als er auf Urlaub war. Mit einem Leiterwagen und zwei Ochsen – Pferde hatten wir nicht mehr – zogen wir nach Westen. Ich mit der Kleinen auf dem Arm, meine Mutter und meine Großmutter, die damals schon neunzig war. Nach zwei Wochen kamen wir in Berlin an. Unsere Verwandten nahmen uns Gott sei Dank auf, obwohl sie selbst nichts mehr hatten. Giselher kehrte im Herbst aus der Gefangenschaft zurück, und wir trafen uns in Berlin wieder." Huberta wirkte gerührt.

„Ja, das war eine schwere Zeit damals. Eine schwere Zeit für alle", meinte Fritz. Er blieb noch eine Weile sitzen, stand dann auf und holte den Sekt aus dem Kühlschrank, der, als er ihn in die Gläser füllte, leider nicht mehr so stark sprudelte wie zuvor, da er vergessen hatte, die Flasche zu verschließen.

„Weißt du, was?", sagte Huberta. „Ich bin froh, dass du mir das erzählt hast, das mit Flossenbürg und dem rosa Winkel und so. Und weißt du, warum? Das errätst du nie, Fritz! Weil ich das Giselher erzählen werde. Du kannst dir gar nicht vorstellen, wie eifersüchtig er auf dich ist, ohne dich überhaupt zu kennen. Jedes Mal das gleiche Theater, wenn ich zum Tanzen gehe. Als wir für das Tanzturnier geübt und uns zwei Mal die Woche getroffen haben, wurde er noch eifersüchtiger, soweit das überhaupt möglich war. Dass ich dich seit deinem Unfall jede Woche bei dir zu Hause besuche, habe ich ihm erst gar nicht erzählt, damit nicht weitere Missverständnisse aufkommen. Wenn ich ihm jetzt sagen kann, dass du mit Frauen nichts am Hut hast, dann wird er sich endlich mal beruhigen."

„Tut mir leid, Huberta, dass ich dir das nicht früher erzählt habe."

„Ist schon gut", sagte sie und lächelte. „Es ist ja auch nicht einfach, darüber zu reden. Aber gut, dass ich es jetzt weiß."

Auch Will kam jede Woche bei Fritz vorbei und erledigte für ihn die wichtigsten Besorgungen. Fritz diktierte die Liste und Will schrieb mit.

„Ach ja, du darfst auf keinen Fall vergessen, für Frau Küstenfeld in der Wohnung über mir einzukaufen. Das habe ich vor meinem Tanzunfall jede Woche gemacht. Sie ist weit über achtzig."

Schon seit Jahren kümmerte sich Fritz um Gisela Küstenfeld, und je älter und gebrechlicher sie wurde, desto mehr Verantwortung übernahm er für sie. Vielleicht war es der Dank für die schönen Augenblicke, die er in seiner Kindheit mit ihr verbracht hatte. Fritz war froh, dass sich Will jetzt auch um die alte Dame kümmerte.

Als Fritz auf die Welt kam, lebte Gisela Küstenfeld bereits in dem Haus in der Eisenacher Straße 37. Fritz erinnerte sich, dass sie häufig auf ihn aufgepasst und *Mensch ärgere dich nicht* mit ihm gespielt hatte. Und obwohl auch seine Eltern dieses Spiel manchmal mit ihm spielten – mit Gisela Küstenfeld machte es einfach viel mehr Spaß. Sie ging oft mit ihm spazieren, in den Kleist-Park mit den Knallerbsensträuchern und in den Charlottenburger Schlosspark. Auch diese Spaziergänge waren mit ihr immer schöner als mit den Eltern. Bei ihr durfte er all das machen, worauf er Lust hatte, während sein Vater ihm immer gleich alles verbot.

Als seine Eltern an einem Rosenmontag die Hausbewohner spontan zu einer Bowle einluden, erschien Gisela Küstenfeld in ihrem Brautkleid. Der sechsjährige Fritz setzte sich auf ihren knochigen Schoß und lehnte sich an ihre Brust. Plötzlich sprang er auf, holte den alten Klappzylinder seines Großvaters aus dem Schrank und versprach, sie zu heiraten, wenn er groß sei.

Ihr Mann fiel im Herbst 1944 an der Ostfront. In den letzten Kriegsmonaten lebte sie bei ihrer Schwester in Magdeburg. Nach dem Krieg kehrte sie nach Berlin zurück und arbeitete bis zu ihrer Rente bei der Post.

Will erledigte also die Einkäufe für Fritz und Frau Küstenfeld. Wenn er zurückkam, blieb er immer eine Weile. Meist kochte

Fritz dann für sie einen Eintopf, machte Würstchen mit Kartoffelsalat oder einen Toast Hawaii.

Zwei Wochen nach Fritz' Entlassung aus dem Krankenhaus saß Will bei ihm auf der Wohnzimmercouch, Fritz in einem der beiden Sessel ihm gegenüber. Wie schön seine Hände sind, dachte Fritz. So schlank und wohlgeformt, die langen Finger, die gepflegten Nägel.

Im Gegensatz dazu waren seine Hände grob und die Finger dick. Und dabei hatte er mit seinen Händen nie schwer arbeiten müssen, abgesehen von dem Jahr im Klinkerwerk in Sachsenhausen. Die großen Hände hatte er von seinem Vater geerbt. Fritz' Nägel waren ungepflegt und brüchig, weil er ständig daran kaute.

Als sich Will eines Tages nach dem Einkaufen und dem gemeinsamen Essen von Fritz an der Wohnungstür verabschiedete, drückte ihn Fritz spontan an sich und küsste ihn auf den Mund. Daraufhin lächelte Will ihn an, ehe er die Tür zum Treppenhaus hinter sich schloss.

Vielleicht sind in unserem Land noch nie so merkwürdige Bäume gefällt worden wie die sieben Platanen auf der Schmalseite der Baracke III. Ihre Kronen waren schon früher gekuppt worden aus einem Anlass, den man später erfahren wird.

Anna Seghers: *Das siebte Kreuz*

Am Pfahl

Jeden Abend kurz vor Dienstschluss musste Fritz die Küchenabfälle entsorgen, die sich im Laufe des Tages angesammelt hatten. Nachdem die Schubkarre beladen war, ging es zu dem großen Komposthaufen. Dieser lag am Rande des Lagers, direkt neben dem Hochspannungszaun. Nach Ansicht der Lagerleitung bestand dort Fluchtgefahr, sodass Fritz als Einziger seines Kommandos, da er der Kapo war, und nur in Begleitung von Doleschal, diesen Bereich betreten durfte.

Wie soll ein Häftling ohne Hilfsmittel über einen drei Meter hohen Zaun klettern, der zudem elektrisch geladen ist? fragte sich Fritz seltsamerweise belustigt.

Von der Häftlingsküche aus ging es quer über den Appellplatz, dann vorbei am Krankenrevier in Richtung Komposthaufen. Fritz ging vorne, Doleschal mit entsichertem Gewehr direkt hinter ihm.

Es dämmerte.

Als sie den Hof des Arrestbaus passierten, hörte Fritz lautes Stimmengewirr, das immer wieder von Schreien und Befehlen, aber auch von Lachen und Grölen unterbrochen wurde. Fritz konnte fünf SS-Männer ausmachen; er vernahm Greipls kehlige Stimme und Manchingers laute Lachsalven. Sie waren betrunken. Greipl war bereits so blau, dass er sich nur noch mit Mühe auf den Beinen halten konnte. Im schwachen Licht des Arresthofs sah Fritz leere Schnapsflaschen auf dem Boden herumliegen.

Zwischen den SS-Männern befanden sich zwei Häftlinge, deren Hände auf dem Rücken zusammengebunden waren. Sie wirkten apathisch. In der Mitte des Arresthofs standen zwei Holzgerüste, über die die SS-Männer nun Seile warfen, an denen die Arme der Häftlinge festgebunden waren. Langsam zogen sie unter Hau-Ruck-Rufen die beiden so weit hoch, bis ihre nackten Füße gerade noch den Boden berührten.

„Mach weiter, Franz!", feuerte Manchinger Greipl an. „Gleich hast du's geschafft."

Schon hingen die Körper der Häftlinge in der Luft. Plötzlich begannen sie vor Schmerzen so laut zu schreien, dass ihre Rufe bis in den letzten Winkel des Lagers zu hören waren.

Doleschal bemerkte, wie Fritz seinen Kopf dem Geschehen auf dem Arresthof zuwandte, und stieß ihm rasch den Gewehrkolben in den Rücken.

„Blick nach vorn", befahl er, „sonst knallt's!" Sofort schaute Fritz wieder geradeaus.

Währenddessen schienen die SS-Männer im Arresthof großen Spaß zu haben.

„Ihr seid zu klein", scherzte Manchinger, „deshalb kommt ihr mit euren Füßen nicht mehr auf den Boden."

Die SS-Männer brachen in lautes Lachen aus.

Manchinger stieß mit seinem Stiefel gegen den Rumpf eines Häftlings, worauf sein Leib stark hin und her baumelte und seine Schmerzen noch größer wurden.

„Ihr baumelt, als ob ihr besoffen seid", scherzte Manchinger weiter. „Und das im KZ. Hier ist doch Alkoholverbot!"

Wieder grölten die SS-Männer laut. Manchinger öffnete eine neue Flasche Schnaps, ließ sie reihum gehen, und jeder der SS-Männer nahm einen großen Schluck.

Unter den zahlreichen Strafen war das Pfahlhängen im Lager eine der gefürchtetsten. Nach dieser Tortur kam es stets zu langwierigen Komplikationen, und wenn kein Arzt zu Rate gezogen werden durfte, konnten die Häftlinge ihre Arme nie wieder richtig bewegen, wurden zu Krüppeln und konnten nur noch für wenige Aufgaben eingesetzt werden.

Fritz wusste nicht, wer die beiden Häftlinge im Arresthof waren, was sie sich zu Schulden hatten kommen lassen oder ob sie sich überhaupt etwas zu Schulden hatten kommen lassen.

Plötzlich vernahm er ein knackendes Geräusch. Die Armmuskulatur eines der Häftlinge hatte versagt, und die Arme kugelten aus. Er schrie daraufhin noch lauter als zuvor.

Fritz und Doleschal näherten sich dem Komposthaufen. Schon von Weitem stank es. Als Fritz unmittelbar davor stand, war der Geruch so unerträglich, dass er nur noch durch den Mund atmete. Über dem Komposthaufen schwirrten tausende und abertausende Fliegen und ließen sich, von Fritz' Schweiß angezogen, auf seinem Gesicht und seinen Händen nieder. Er schlug wie wild um sich, doch es half nichts. Es waren einfach zu viele. Fritz leerte die Schubkarre.

Auf dem Rückweg waren die Schreie der Häftlinge im Arresthof verstummt. Ihre Leiber baumelten reglos im Wind, die Arme waren senkrecht nach oben gestreckt und ihre Köpfe lagen auf der Brust. Wie der Gekreuzigte sahen sie aus. Die SS-Männer, nun noch stärker schwankend, befanden sich bereits am Ausgang des Lagers und taumelten Richtung Kasino. Nur die leeren Schnapsflaschen blieben am Fuße der Gerüste zurück.

Wieder drückte Doleschal Fritz den Gewehrkolben in den Rücken. Diesmal fester als beim ersten Mal.

„Hast du nicht verstanden?", fragte er. „Blick nach vorn. Sonst knallt's."

Fritz gehorchte.

„Und damit du Bescheid weißt", fuhr Doleschal fort. „Du hast von dem Ganzen hier nichts gehört und gesehen, ist das klar?"

„Jawohl", antwortete Fritz gehorsam.

An diesem Abend mussten keine weiteren Küchenabfälle zu dem Komposthaufen gebracht werden, und so ließ Doleschal Fritz abtreten. Fritz begab sich auf seine Stube, wo er den ganzen Abend und die ganze Nacht unentwegt die Bilder vom Pfahlhängen vor sich sah, die ihn immer wieder aus dem Schlaf rissen.

Und in dieser Sekunde geschah es, dass Tadzio lächelte:
ihn anlächelte, sprechend, vertraut, liebreizend und unverhohlen,
mit Lippen, die sich im Lächeln erst langsam öffneten.

Thomas Mann: *Der Tod in Venedig*

Will

Eine Woche nach ihrem ersten Kuss, den Fritz Will an der Wohnungstür zum Treppenhaus gegeben hatte, besuchte Will Fritz wieder. Will, sonst immer der Stillere von beiden, redete wie ein Buch.

„Hannes und ich waren acht Jahre zusammen. Anfangs war ich von ihm begeistert. Ein Modeschöpfer, der sich auf dem internationalen Parkett zu bewegen wusste und jedes Jahr die bekanntesten Modemessen der Welt besuchte: Paris, Mailand, New York. Für jemanden wie mich aus der DDR war er was ganz Besonderes. Ich war nie groß im Ausland gewesen. Außer der Ostsee, dem Balaton, der schon als ganz außergewöhnliches Reiseziel galt, Warschau und Moskau, die zum kommunistischen Pflichtbesuchsprogramm gehörten, hatte ich nichts gesehen. Und was ich dort gesehen habe – die graubraunen Häuserfassaden, die immer gleichen Plattenbauten, die Straßen mit metertiefen Schlaglöchern –, war alles sehr deprimierend, weil es an diesen Orten noch schlimmer aussah als bei uns in Berlin."

Will machte eine Pause, und Fritz nutzte die Gelegenheit, um die Lindt-Pralinen, die Rose Cohen ihm im Krankenhaus geschenkt hatte, aus dem Wohnzimmerschrank zu holen. Er öffnete die Schachtel und stellte sie auf den Tisch, doch Will schien die Süßigkeiten nicht wahrzunehmen.

„Kurz und gut. Ich war von Hannes begeistert. Er, der Modeschöpfer, und ich, der Dekorateur, wir passten ideal zusammen.

Ich stellte in den Schaufenstern des KaDeWe das aus, was er entwarf, besuchte mit ihm sämtliche Modemessen und kam aus dem Staunen nicht heraus. So viel Licht hatte ich nie auf einmal gesehen. Diese hellen und grellen Städte. Alles war so bunt und sauber. Und was mich am meisten begeisterte: Alles funktionierte. Es gab alles zu essen – Obst und Gemüse, das ich gar nicht kannte. Das ich nie zuvor gesehen hatte. In New York gab es das alles sogar rund um die Uhr! Du konntest einkaufen, wann du wolltest. Und Wein gab es und Sekt, sogar Champagner. Kein Vergleich zu russischem Krimsekt. Bei uns war man ja schon froh, wenn man eine Flasche Fusel von der Saale oder Unstrut bekam."

Fritz nahm sich ein paar Pralinen aus der Schachtel und verschlang sie hastig. Will schien die Schokolade weiterhin nicht wahrzunehmen.

„Die ersten Jahre mit Hannes waren toll. Es war ein neues Leben, und ich wurde ein anderer Mensch. Wir verstanden uns gut und hatten einen großen Freundeskreis. Unsere Wohnungen in Kreuzberg lagen direkt nebeneinander; in eine gemeinsame Wohnung trauten wir uns aber nicht zu ziehen. Du weißt ja, man hätte komisch geguckt, wäre sofort verdächtigt worden, und eines Tages hätte die Polizei vor der Tür gestanden. Aber die Lösung mit den beiden Wohnungen war genial. Je nachdem, wonach uns war, übernachteten wir mal bei ihm, mal bei mir. Und niemand bemerkte was. Natürlich wussten unsere Freunde aber Bescheid."

Fritz hielt Will die Pralinen hin, doch Will bediente sich nicht. Er war völlig ins Erzählen vertieft. Fritz stellte die Schachtel wieder auf den Tisch und verschlang erneut ein paar. Wills Stimmung, die bislang euphorisch und überschwänglich gewesen war, änderte sich. Er wurde ruhiger und wirkte traurig. Seine Stimme wurde schwächer, heiser.

„Unser letztes Jahr war dann nicht mehr schön. Hannes arbeitete ohne ersichtlichen Grund immer mehr und hatte immer weniger Zeit. Abends kam er spät nach Hause, und am Wochenende reiste er – meist ohne mich – ins Ausland. Und wenn er nach Hause kam, dann war er völlig erschöpft, angespannt und schlecht gelaunt. Er war zu keinem Gespräch mehr in der Lage und hatte weder Lust noch Laune, in die Oper oder ins Theater zu gehen. Sex hatten wir immer seltener und schließlich gar nicht mehr."

Will machte eine Pause und sah Fritz so an, als ob er Verständnis von ihm verlange. Doch Fritz reagierte nicht.

„Kannst du dir eine Beziehung ohne Sex vorstellen?"

Fritz wusste nicht, was er sagen sollte.

„Da muss ich mir doch glatt die Frage stellen, warum ich überhaupt eine Beziehung habe? Ich habe Hannes dann die Pistole auf die Brust gesetzt: Entweder du änderst dich in den nächsten Wochen, habe ich gesagt, sprich: du arbeitest weniger und hast wieder mehr Zeit für mich, oder ich mache Schluss."

Fritz naschte weiter ein paar Pralinen.

„Ich hatte den Eindruck, er hörte mir gar nicht zu. Er bemerkte nicht, wie schlecht es um unsere Beziehung stand und dass sie kurz vor dem Aus war. Er änderte natürlich nichts und arbeitete so viel wie zuvor. Ich war oft allein und fühlte mich einsam und verlassen. Dann ging ich fremd. Auf einschlägigen Klappen. Ein Ausgleich war das natürlich nicht, aber zumindest ein Ersatz. Hannes hat nichts geändert, und ich habe Schluss gemacht. Wir sind gute Freunde geblieben, aber das war's dann auch. Später bin ich zu den Graubären gegangen. Ich musste doch neue Leute kennenlernen, und das ist mir anscheinend gelungen, sonst würde ich jetzt nicht hier bei dir sitzen."

Will machte eine Pause.

„Hannes ist vor zwei Monaten mit Lagerfeld nach Paris gegangen. Lagerfeld hat bei Chanel das Prêt-à-porter übernommen. Wegen der großen Entfernung sehen wir uns nur noch selten. Höchstens mal, wenn er länger in Berlin ist und genügend Zeit hat, was so gut wie nie vorkommt. Er nennt sich jetzt nicht mehr Hannes Spiegel, sondern Jean Spiégelle." Will sprach den Namen übertrieben französisch aus und verzog dabei das Gesicht zur Grimasse. Sie mussten beide lachen.

Fritz hielt Will noch einmal die Pralinenschachtel hin. Will nahm die letzte Praline und steckte sie sich genussvoll in den Mund.

Fritz war froh, dass Will ihm das alles erzählt hatte. „Bestimmt war die Trennung für euch beide schwierig. Man sagt, dass es für den, der sich trennt, einfacher ist als für den, der verlassen wird. Aber ich glaube, einfach ist es nie. Sei froh, Will, dass du diese Beziehung gelebt hast. Schau mich an! Ich hatte nie eine richtige Beziehung: Bevor die Nazis kamen, war ich zu jung, als sie an die Macht kamen, wurden Beziehungen zwischen Männern unmöglich, und nach dem Krieg ging es nur unter erschwerten Bedingungen. Ich bewundere euch für euren Mut."

„Fritz, ich habe dir das alles erzählt, um dir zu zeigen, dass ich ein gebranntes Kind bin. Ich habe einfach eine schlechte Erfahrung gemacht."

„Ach was", tat Fritz Wills Einwand ab. „Was soll ich da erst sagen?", und drückte ihm einen festen Kuss auf die Wange.

Das massive Gebäude der Wäscherei wurde nach 1945
von verschiedenen Industriebetrieben genutzt.

Alexander Schmidt/Jörg Skriebeleit:
KZ-Gedenkstätte Flossenbürg

Das Häftlingsbad

Die Wäscherei des KZs, in der Jan nun arbeitete, lag, nur durch den Appellplatz getrennt, der Häftlingsküche direkt gegenüber, und so konnten Fritz und Jan sich mehrmals am Tag sehen. Wenn Doleschal und Manchinger nicht in der Nähe waren, traten sie nach draußen, winkten sich zu und tauschten über den Appellplatz hinweg verstohlen Kusshände aus.

Im Kellergeschoss der Wäscherei befand sich das Häftlingsbad. Es war ein großer, mannshoch gekachelter Raum mit Wasserleitungen an der Decke für die Duschen, in dem sich alle Neuankömmlinge reinigen mussten. Es waren nur selten Frauen darunter. Und wenn, dann wurden sie schnell weggebracht, bevorzugt in eines der Außenlager in Bayern, Böhmen oder Sachsen.

„Alle Neuen müssen sich nackt ausziehen“, erzählte Jan Fritz gleich an seinem dritten Tag, an dem er im Häftlingsbad gearbeitet hatte. „Die Kleidung müssen sie ordentlich zusammenlegen und zum Schluss ihre Schuhe draufstellen, ihre Privatkleidung gegen Häftlingskleidung und ihren Namen gegen eine Nummer eintauschen.“

Fritz ließ Jan reden, obwohl er das, was Jan ihm erzählte, genau kannte.

Jan sah an die Wand der Kapostube. Sein Blick dabei war leer.

„Wenn sie sich dann ausgezogen haben, geht es an ihre Habseligkeiten: an das Geld und den Schmuck, die Fotos und Bücher.

Wir müssen dann die letzten Scheine und die wenigen Münzen, die ihnen geblieben sind, einsammeln. Ihre Ringe, Anhänger und Taschenuhren, die vom Großvater oder Urgroßvater stammen, ihre Fotos von der Ehefrau, den Kindern, den Eltern und anderen Verwandten, ihre Bücher, darunter der Lieblingsroman, Werke über Politik und Geschichte und oft die Bibel oder den Talmud."

Jan blickte wieder an die Wand. Bei Fritz in der Kapostube war es totenstill. Fritz wagte nicht, Jan zu unterbrechen. Er sollte sich all das, was ihn bedrückte, ungestört von der Seele reden.

„Dann werden ihnen die Haare geschoren. Am Kopf, unter den Achseln, in der Scham. Weißt du, was sie mit den Haaren machen?"

Fritz schüttelte den Kopf.

„Sie werden an die Industrie verkauft, die daraus Kleidung und Teppiche macht."

Jan füllte sich an dem kleinen Waschbecken ein Glas mit Wasser und trank einen Schluck.

„Dann treiben die SS-Männer sie unter die Duschen. Das Wasser hat nie die richtige Temperatur. Das machen sie absichtlich, um ihnen gleich zu zeigen, wie es in Flossenbürg zugeht. Mal ist es zu heiß, mal zu kalt. So kommt es jeden Tag vor, dass sich die einen verbrühen, während die anderen so lange unter dem eiskalten Wasser aushalten müssen, bis ihre Lippen blau anlaufen."

Jan trank wieder einen Schluck.

„Nach dem Duschen müssen wir die Häftlingskleidung mit der Nummer verteilen. Wenn sie dann zu den Blocks gebracht werden, sammeln wir ihre Kleidung und Gegenstände ein. Die Kleidung waschen wir. Einen Teil behält die Lagerleitung, die sich selbstverständlich das Beste aussucht, und der Rest geht an Sammelstellen im Reich."

Bereits seit mehreren Monaten arbeitete Jan im Wäschereikommando. Immer wieder kam es vor, dass er am Abend völlig am Ende war. Dann tat es ihm gut, sich das Erlebte von der Seele zu reden und sich von Fritz trösten zu lassen.

An einem eiskalten Abend im Januar war es besonders schlimm. Jan lief mit feuchten Augen aus der Wäscherei, stapfte durch den tiefen Schnee zum Kapo-Block und riss die Tür zu Fritz' Stube auf. Jan warf sich ihm sofort an die Brust und schluchzte. Fritz drückte ihn fest an sich und hielt ihn in den Armen. Sie schwiegen. Ab und zu streichelte er über Jans Kopf, dann setzte er sich mit ihm auf die Pritsche, hielt ihn dabei aber fest in den Armen.

„Ich halte das nicht mehr aus. Jeden Tag die gleichen Szenen. Jeden Tag neue, darunter so viele schöne und junge Menschen. Sie sagen kein Wort, sind aber ganz außer sich vor Angst. Erst ziehen sie sich langsam aus, dann aber, wenn die SS-Männer sie anschreien oder mit Fäusten und Stöcken auf sie einschlagen, machen sie es hastig und überstürzt. Und dann, dann müssen wir ihnen alles wegnehmen, ihre persönlichsten und wertvollsten Gegenstände!"

Jan schluchzte.

„Viele weinen oder schreien. ‚Lasst mir zumindest ein Bild von den Kindern!' – ‚Ich will am Abend in der Bibel lesen!' – ‚Der Ring stammt von meinem Vater!' Doch ihr Schreien nützt nichts. Im Gegenteil: Dadurch fordern sie den Spott der SS-Männer erst richtig heraus, und Manchinger macht sich über sie lustig. ‚Keine Angst, deine Kinder bekommst du bald wieder zu sehen. Die holen wir auch hierher', spottet er dann. – ‚Den Ring brauchst du eh nicht mehr. Du sollst hier arbeiten. Da stört der nur.' – ‚Die Bibel kannst du vergessen. Das Beten wird dir hier sowieso schnell vergehen!'"

Jan wischte sich mit dem Ärmel seiner Jacke über die Wangen. Dann fuhr er fort: „Heute Nachmittag haben sie eine Landsmännin von mir hierhergebracht. Eine Frau aus Krakau. Sie ist keine dreißig. Ich glaube, sie ist Jüdin, weil in ihrem Ausweis ‚Deborah' steht. Sie trug ein elegantes Kostüm und teuren Schmuck: Anhänger, Brosche und Ring waren aus dem gleichen Stein und in der gleichen fein gearbeiteten Goldfassung. Das alles mussten wir ihr wegnehmen."

Jan blickte ins Leere.

„Wie demütigend muss das für sie gewesen sein, als sie sich als einzige Frau vor uns Männern, den Aufsehern und Häftlingen, ausziehen musste. Sie haben geglotzt wie geile Böcke. Aber sie hat ihre Würde bewahrt, denn sie hat uns einfach ignorieren."

Wieder stiegen Jan Tränen in die Augen.

„Und dann, dann haben sie ihr die wunderschönen, dicken, langen Haare abgeschnitten. Ein ganzer Berg Haare lag auf dem Boden, als sie sie kahl geschoren hatten. Aber das Schlimmste kam, nachdem sie weg war. Ich musste ihre Handtasche leeren, und da fand ich ein Exemplar von *Quo vadis* und Fotos von kleinen Kindern. Zwei ganz süße kleine Kinder. Ein Junge und ein Mädchen. Das eine mochte zwei sein, das andere nicht älter als vier. Schon heute Nachmittag habe ich es kaum noch ausgehalten, aber jetzt ... Ich bin so froh, dass ich endlich bei dir bin. Ich weiß nicht, was sie mit ihr machen."

Jan schluchzte wieder.

Fritz drückte ihn immer noch fest an sich. Gewiss war das schlimm, was Jan da erzählte. Aber Fritz war schon länger hier als Jan, hatte schon so viel Schlimmes mehr erlebt als sein Freund. Deshalb wurde er nicht mehr so leicht erschüttert wie Jan. Durch die Häftlingsjacke spürte Fritz Jans warme Tränen. Dann half er ihm, sich auf die Pritsche zu legen. Er zog ihm die Stiefel aus, legte sich neben ihn und hielt ihn lange und fest in den Armen. Fritz sah, dass sich aus den Tränen ein Fleck auf seiner Jacke gebildet hatte.

Sie sagte immer wieder zu sich: „Ich hab' einen Verehrer" und ergötzte sich an diesem Gedanken, als wenn eine zweite Pubertät über sie gekommen wäre. Sie sollte also endlich die Freuden der Liebe, den Rausch des Glücks erfahren, daran sie schon verzweifelt hatte.

Gustave Flaubert: *Madame Bovary*

Das erste Mal

Fritz legte die Platte von Serge Gainsbourg auf, die ihm Will nach seiner Entlassung aus dem Krankenhaus geschenkt hatte. Er hatte sie bei einem seiner Paris-Besuche mit Hannes gekauft. *69 année érotique* sang Gainsbourg zusammen mit Jane Birkin.

Fritz streckte sein Gipsbein aus und legte es auf den Glastisch. Wortlos lauschten sie der Musik. Plötzlich legte Will den Kopf an Fritz' Schulter, und Fritz nahm ihn in den Arm. So verweilten sie lange und genossen die ungewohnte Nähe. Dann sahen sie sich an, und Fritz gab Will einen kurzen Kuss auf den Mund. Aus dem kurzen Kuss wurde ein langer und leidenschaftlicher Zungenkuss. Tief drangen ihre Zungen in den Mund des anderen und wollten gar nicht mehr heraus. Fritz tat sich mit dem Gips schwer, sich Will zuzuwenden. Er fühlte sich schwerfällig und unbeweglich. Er zog ihn deshalb einfach so weit zu sich heran, bis Will über ihm lag.

Als Will an diesem Tag die Einkäufe für Fritz gemacht und auch Frau Küstenfeld mit dem Nötigsten versorgt hatte, wollte er nicht wieder gehen. Zwar blieb Will meistens nach den Einkäufen immer noch ein wenig, aber dieses Mal war es anders. Fritz wusste nicht warum, aber es war anders.

Elisa saute moi au coup sang Gainsbourg nun. Ungeduldig knöpfte Fritz Wills Hemd auf, und zum Vorschein kam eine dunkle, behaarte Brust. Auch Will öffnete Fritz' Hemd. Unbeherrscht leckte Fritz über Wills Brusthaar und knabberte begierig an den Brustwarzen. Fritz spürte, wie sein Glied hart wurde und gegen die Hose drückte. Er öffnete sie. Will streifte sein Hemd ab und warf es zu Boden. Dann zog er Hose und Socken aus, ließ sie ebenfalls fallen und stand, nur mit der Unterhose bekleidet, vor Fritz. Fritz starrte gebannt auf die Ausbuchtung in Wills Unterhose. Dann half Will Fritz beim Ausziehen, und nackt standen sie voreinander.

Bei *Les sucettes* ergriff Will Fritz' Hand und führte ihn ins Schlafzimmer, dabei kam sich Fritz komisch vor, da er mit dem Gipsbein nur humpeln konnte. Sie ließen sich auf dem Bett nieder und setzten ihr Liebesspiel fort. Will lutschte lustvoll an Fritz' Glied und brachte ihn mehr und mehr in Erregung. Fritz holte das Gleitmittel aus dem Nachttisch und gab es Will, der damit Fritz' Glied einrieb. Dann setzte Will sich auf ihn und führte den steifen Penis in sich ein. Fritz starrte auf Michelangelos David an der Wand gegenüber und bemerkte das spärliche Geschlecht des sonst so perfekten Körpers. Tja, Schönheit allein nützt eben auch nichts, dachte er und wunderte sich dass ihm dieser Gedanke ausgerechnet jetzt kam. Will steigerte sowohl Fritz' als auch seine eigene Lust und ritt immer fester auf ihm, bis beide in höchste Ekstase gerieten und sich laut stöhnend entluden.

Erschöpft ließ Will sich neben Fritz ins Bett fallen. Ihre Körper schwitzten stark. Sie hielten sich in den Armen und spürten, wie sie allmählich ruhiger wurden. Eine angenehme Müdigkeit überkam sie, und sie schliefen langsam ein. Nach ein paar Stunden wurde Fritz jedoch wach. Sie hatten vergessen, die Kerzen zu löschen. Als Fritz ins Wohnzimmer kam, waren sie aber schon ausgegangen. Fritz reichte Will einen Schlafanzug, und zum ersten Mal blieb Will bei ihm über Nacht.

Nach der ersten Nacht mit Will sah Fritz die Welt mit anderen Augen. Sie war heller und bunter, und die Menschen begegneten ihm fröhlicher und freundlicher. Alle grüßten ihn und lächelten ihm zu. Er hatte das berühmte Kribbeln im Bauch, konnte vor Aufregung kaum essen, trank dafür aber umso mehr Alkohol, um seinen Rauschzustand zu steigern. Am liebsten hätte er alle Menschen, die ihm begegneten, umarmt – im Büro, auf der Straße, in der U-Bahn.

Seine Küche war zwar immer noch klein, aber er empfand sie nicht mehr als so dunkel. Überhaupt gefiel ihm jetzt seine Wohnung viel besser. Im Laufe der Jahre hatte sich darin viel Überflüssiges angesammelt, und er würde sie demnächst entrümpeln. Auch war sie abgewohnt und alt geworden, sodass er sie renovieren würde. Hellere Tapeten, andere Gardinen und neue Fußböden mussten her.

Fritz räumte jetzt täglich seine Küche auf. Jeden Abend spülte er das Geschirr, und nach den Mahlzeiten wischte er den Tisch sauber. Die Lebensmittel im Kühlschrank verdarben nicht mehr, und das Obst in der Schale auf dem Fensterbrett wurde nicht mehr faul. Allmählich verschwanden die Fruchtfliegen.

In Gisela Küstenfeld sah er nicht mehr eine „lahme Alte", sondern eine betagte Seniorin, die auf ein langes, erfülltes Leben zurückblickte; in Mieze nicht mehr die rechthaberische Tante, sondern eine Dame mit viel Lebenserfahrung, der er schon allein aufgrund ihres hohen Alters Respekt zollen musste. Und selbst wenn Fritz an seinen Vater dachte, der die Homosexualität seines Sohnes nie akzeptiert hatte, entschuldigte er ihn als ein Opfer seiner Zeit, deren Umstände und Werte.

Auch im Büro sah er vieles anders. Fritz empfand seine Aufgaben nicht mehr als langweilig, sondern sie erforderten mehrjährige Berufserfahrung. Rose Cohen erlebte er nicht mehr als die stets traurig dreinblickende Sekretärin, sondern als einen introvertierten Menschen, Uta Brackmann nicht mehr als zwanghaft und verbissen, sondern als gewissenhaft und kompetent. Und so beurteilte er auch Abteilungsleiter Theo Feltow, den er sonst immer für unwissend und ungerecht hielt, jetzt als zielgerichtet und führungsstark. Dietrich von den Graubären erschien ihm nicht mehr als verschrobener Oberlehrer, sondern als intellektueller Pädagoge.

Fritz nahm sich viel Zeit für sich. Stundenlang saß er in Straßencafés, genoss einen Kaffee oder ein Bier und beobachtete die Leute. Er fühlte sich so leicht. So gut. Er schloss die Augen, hielt sein Gesicht in die Sonne, träumte vor sich hin und lächelte. Er benahm sich albern und kindisch, sprang wie ein kleiner Junge über jedes Hindernis, das sich ihm in den Weg stellte, machte Scherze mit Fremden und erzählte Witze, was er sonst nie tat. Eines Nachts lief er, einen Umweg vom ZHM nach Hause machend, einfach so durch die große Fontäne auf dem Viktoria-Luise-Platz und stieg, johlend und klatschnass wieder heraus. Und: Fritz hörte auf, Nägel zu kauen.

Wenn er träumte, träumte er von Will. Er träumte von Will bei Tag und bei Nacht, wenn er wach lag und wenn er schlief. Den ganzen Tag dachte er an ihn, hatte ihn immer im Kopf. Zu Hause, im Büro, beim Lesen, vor dem Fernseher. In seinem Rausch schien ihm Will als perfekter, makelloser Mensch. Er sah seine blauen Augen, seine schönen Hände und seine eleganten, harmonischen Bewegungen vor sich, erinnerte sich mit Wonne an ihre Ausflüge, die gemeinsamen Nächte und die schönen Stunden ihres Zusammenseins.

Wenn das Telefon klingelte, wünschte sich Fritz, es wäre Will. Wenn es an der Tür schellte, hoffte er, es käme Will. Wenn er einen Brief erhielt, glaubte er, die Post wäre von Will. Fritz konnte das nächste Zusammentreffen kaum erwarten. Am liebsten hätte er ihn jeden Tag gesehen. Was hieß jeden Tag? Am liebsten mehrmals am Tag. Ach was: den ganzen Tag!

Ja, Fritz sah die Welt mit anderen Augen, und dieser Zustand dauerte über mehrere Wochen an. Er erlebte jetzt mit sechzig das, was andere bereits mit zwanzig und vielleicht mehrmals in ihrem Leben erlebten.

Fritz war verliebt. Seit Jahrzehnten, seit er Jan im KZ kennengelernt hatte – und das lag dreißig Jahre zurück –, war er zum ersten Mal wieder verliebt, hatte er es endlich wieder zugelassen.

Grimmer Unglücksbote des Gestades
an dem Flussgebiet des Hades
du bist sicher hochgeboren
kommst du gradwegs von den Toren
des plutonischen Palastes?

Edgar Allan Poe: *Der Rabe*

Zlatić

Rapportführer Reinthaler und Blockführer Manchinger beaufsichtigten das Küchenkommando. Manchinger vertrat Doleschal, dem dieses Kommando normalerweise unterstand. Südlich der Häftlingsbaracken befand sich ein kleines Kartoffelfeld, das Fritz und sein Kommando regelmäßig vom Unkraut befreiten. Als Kapo war Fritz nicht verpflichtet mitzuhelfen, doch griff er seinem Kommando gerne unter die Arme, und zudem verging bei der Arbeit die Zeit schneller als beim Herumstehen. Das Kartoffelfeld grenzte an den Hochspannungszaun und lag direkt am Sperrbezirk des Lagers.

„He, 8716, setz deine Kappe auf“, schrie Manchinger Zlatić, einen Häftling aus Fritz’ Kommando, an, dem er soeben die Kappe vom Kopf gestoßen hatte.

Manchinger und Reinthaler brachen in lautes Gelächter aus. Als Zlatić sich bückte, trat ihm Manchinger mit seinem schweren Lederstiefel auf die Hand und hielt auf diese Weise die Kappe fest.

„Du warst zu langsam, 8716.“

Zlatić, vor Manchinger kniend, sagte nichts. Er blickte zu Boden und kniff die Zähne zusammen. Die Häftlinge des Küchenkommandos taten so, als würden sie den Vorfall nicht bemerken. Sie jäteten weiter Unkraut.

Armin Manchinger stammte aus Ingolstadt und lebte seit Errichtung des Konzentrationslagers in Flossenbürg. In einem nahegelegenen Wald betreute er ein Wildgehege. Im Winter, wenn der Schnee hoch lag, brachte er den Rehen und Hirschen Futter. Im Sommer betrieb er eine kleine Fischzucht. In der Nähe von Flossenbürg hatte er dafür zwei Teiche gepachtet. In dem größeren züchtete er Karpfen, in dem kleineren, der über einen Frischwasserzulauf verfügte, Forellen. Erst vor Kurzem hatte er ein Häuschen in der SS-Siedlung neben dem KZ angeboten bekommen, in das er demnächst mit Frau und Kind ziehen würde.

„Los, 8716, gib deinem Herrn die Kappe."

Zlatić tat, was Manchinger ihm befohlen hatte.

„Du bist zu langsam. Du musst schneller werden. Schau, ich zeige dir, wie."

Kaum hatte Manchinger den Satz beendet, warf er über Zlatićs Kopf hinweg Reinthaler die Kappe zu.

„Los, 8716, hol bei Rapportführer Reinthaler deine Kappe ab, aber auf Knien. Verstanden? Auf Knien!" Manchinger schrie.

Schon kroch Zlatić los. Gerade als er bei Reinthaler ankam, warf dieser die Kappe wieder Manchinger zu. So ging das Ganze eine Zeit lang hin und her. Die beiden SS-Männer hatten dabei großen Spaß. Zlatić war schon völlig außer Atem; sein ganzer Körper triefte in der nachmittäglichen Augusthitze vor Schweiß. Immer, wenn er bei einem der SS-Männer ankam, warf dieser die Kappe wieder dem anderen zu.

Fritz kannte Zlatić gut, da er von Anfang an in seinem Kommando arbeitete. Wegen seines Fleißes und seiner Gewissenhaftigkeit schätzte er ihn sehr. Er war als einer der ersten Häftlinge nach Flossenbürg gekommen. Zlatić, Roma vom Balkan, hatte vor seiner Inhaftierung viele Jahre im Deutschen Reich gelebt, wo er mit seiner Familie ein Karussell betrieb. Er zog von Jahrmarkt zu Jahrmarkt und von Volksfest zu Volksfest, bis die Nazis ihn verhafteten. Wie es seitdem seiner Frau und den Kindern erging, wusste er nicht.

Zlatić konnte vor Erschöpfung nicht mehr. Dann warf Manchinger die Kappe gegen den Hochspannungszaun. Sie lag also im Sperrbezirk, den kein Häftling betreten durfte. Tat er es dennoch, konnte er ohne Vorwarnung erschossen werden, denn der Aufenthalt dort galt schon als Fluchtversuch.

Fritz und sein Kommando taten immer noch so, als würden sie den Vorfall nicht bemerken. Sie jäteten weiterhin Unkraut auf dem Kartoffelfeld. Ihre Aufmerksamkeit aber war bei Zlatić.

Als Zlatić sich nun gewahr wurde, dass seine Kappe im Sperrbezirk lag, blieb er regungslos knien. Er wusste nicht, was er tun sollte.

„Wird's bald, 8716?", drohte Manchinger ungeduldig. „Oder brauchst du eine schriftliche Einladung? Wenn du nicht sofort deine Kappe holst, hängen wir dich an den Pfahl."

Fritz kannte Reinthaler schon vor seiner Zeit in Flossenbürg. Lange Zeit war ihm nicht eingefallen, woher. Dann wusste er es wieder. Er kannte ihn aus Sachsenhausen, wo er Blockführer gewesen war. Er musste vor Kurzem nach Flossenbürg versetzt und dort zum Rapportführer befördert worden sein.

Raginhard Reinthaler war schlank und hochgewachsen. Blond und blauäugig verkörperte er den arischen Menschen schlechthin. Die Häftlinge nannten ihn gerne den „Flossenbürger Heydrich", oder aber auch, da er eine sehr hohe, unmännliche Stimme hatte, die „Flossenbürger Zicke". Seine ebenfalls hoch gewachsene Ehefrau war genauso blond und blauäugig wie er. Sie bekam, als sie einmal im Lager auftauchte, in Anlehnung an Goebbels' Frau sogleich den Namen „Flossenbürger Magda" verpasst.

Die Uniform des Dreißigjährigen befand sich stets in einwandfreiem Zustand. Seine Stiefel glänzten immer perfekt. Reinthaler war ein Schönling. Er wirkte distanziert und reserviert. Selbst den anderen SS-Männern gegenüber zeigte er sich unnahbar. Jeden Abend nach Dienstschluss trainierte er seinen athletischen Körper, und die Häftlinge konnten ihn dann rund um das KZ durch die Flossenbürger Wälder laufen sehen. Er praktizierte die unterschiedlichsten Sportarten und nahm regelmäßig sogar an Zehnkämpfen teil.

Es herrschte Stille. Nur das Kreischen zweier Krähen am Himmel konnte Fritz hören. Alle blickten gespannt auf Zlatić, der immer noch reglos am Boden kniete. Manchinger verlor die Geduld.

„Gib mir seine Harke!", rief er Fritz zu.

Fritz tat, was ihm befohlen worden war.

Dann drosch Manchinger wie wild auf den Knienden ein. Zlatić begann jedoch nicht, wie Fritz erwartet hätte, zu schreien, sondern gab nur hie und da ein leises Stöhnen von sich. Vermutlich war dieses Schweigen der Grund, warum Manchinger immer wütender wurde. Er drosch noch fester auf Zlatić ein. Schon schossen Ströme von Blut aus dessen Schädel und Händen, mit denen er den Kopf zu schützen versuchte.

Erst als Zlatić auf allen vieren langsam in Richtung Zaun zu kriechen begann, hörte Manchinger auf und warf die Harke beiseite. Zlatićs Bewegungen erfolgten wie in Zeitlupe. Es schien, als würde er durch seine Langsamkeit die Gefahr abwenden wollen. So langsam, wie Zlatić sich auf seine Kappe zubewegte, so langsam zog Manchinger seine Pistole. Er streckte seinen Arm aus und zielte. Dann, Zlatićs Hand war nur noch wenige Zentimeter von der Kappe entfernt, drückte er ab. Er drückte noch mal ab, und noch mal und noch mal. Bei jedem Einschuss spritzte das Blut in einem hohen Strahl aus dem Körper.

„Bringt ihn weg", befahl Manchinger und zeigte auf zwei Häftlinge. Sie liefen herbei und schleiften die Leiche, die eine breite Blutspur hinterließ, zum Krematorium. Fritz und die anderen Häftlinge jäteten weiterhin Unkraut, als wäre nichts geschehen.

„Erlauben Sie, Rapportführer Reinthaler, dass ich Sie ins Kasino einlade?“, fragte Manchinger. „Ich gebe einen aus.“

Die beiden SS-Männer machten sich auf den Weg. Als sie sich schon an der Kommandantur befanden und nach rechts in Richtung Kasino abbogen, hörte Fritz, wie sie erneut lauthals in Lachen ausbrachen. Über dem Lager kreisten noch immer die beiden kreischenden Krähen.

Jeder Aufseher, der einen Häftling auf der Flucht erschoss, bekam drei Tage Sonderurlaub. Die konnte Manchinger gut gebrauchen, denn er würde demnächst mit seiner Frau und dem Kind in das Häuschen in der SS-Siedlung ziehen.

Er ruft spielt süßer den Tod
der Tod ist ein Meister aus Deutschland
er ruft streicht dunkler die Geigen
dann steigt ihr als Rauch in die Luft
dann habt ihr ein Grab in den Wolken
da liegt man nicht eng

Paul Celan: *Todesfuge*

Massenerschießungen

Seit Wochen waren von früh bis spät das Knallen von Gewehren und das Rattern von Maschinenpistolen zu hören. Da der Boden und die Wände der Schießstätte, woher die Schüsse kamen, betoniert waren, hallten sie im ganzen Lager und weit darüber hinaus. Aus und hinter dem Krematorium stiegen dicke, dunkle Rauchschwaden auf, und es roch nach verbranntem Fleisch. Bis in die Flossenbürger Wälder breitete sich der Rauch aus. Fritz wusste ebenso wenig wie die anderen Häftlinge, was das zu bedeuten hatte.

Hitler hatte seinen Russlandfeldzug begonnen. Am Tag des Angriffs im Juni 1941 mussten alle Häftlinge stundenlang auf dem Appellplatz stillstehen und sich die hasserfüllte Rede des Führers anhören. Ab Ende Juli wurden jeden Tag hunderte russischer Offiziere und Kommissare, politische Leiter innerhalb der Roten Armee, nach Flossenbürg gebracht. Ehe sie erschossen wurden, schloss sie die SS in die Isolierblocks nahe der Schießstätte ein, die vom restlichen Teil des Lagers durch einen Stacheldrahtzaun getrennt waren.

Das Wenige, das Fritz über die Massenerschießungen an den Russen wusste, erfuhr er von Jupp Klöttje. Mit ihm, den die Nazis wegen Zuhälterei in Hamburg verhaftet und ins KZ gesteckt hatten, machte Fritz regelmäßig Geschäfte. Fritz besorgte ihm Essen aus der Häftlingsküche; Klöttje ließ ihm dafür Bücher mit Theaterstücken für Jan zukommen. Woher er sie hatte, wusste Fritz nicht, wollte er auch gar nicht wissen.

Jupp Klöttje trug einen grünen Winkel und war deshalb einer der an den Erschießungen beteiligten Häftlinge, für die die Lagerleitung nur Kriminelle einsetzte.

„Das Blut der toten Russen ist über die Kanalisation in den Bach gelaufen", berichtete Jupp Klöttje eines Abends Fritz in der Speisekammer der Häftlingsküche. „Seit Tagen ist das Wasser rot. Jetzt haben sich die Bewohner von Flossenbürg beim Bürgermeister beschwert." Klöttje wusste auch, dass der Bürgermeister daraufhin mit Lagerkommandant Kögel gesprochen hatte. Der hatte zwar zugesagt, sich der Sache anzunehmen, gab aber auch zu verstehen, dass die Flossenbürger Geduld haben müssten.

Schon nach wenigen Tagen bewältigte der Krematoriumsofen die täglich anfallenden Toten nicht mehr. Lagerführer Dietz-Rüdiger Schmidt-Lüding, der die Erschießungen leitete, befahl deshalb, die Leichen im Freien zu verbrennen.

Als sich Fritz und Klöttje zwei Abende später wieder in der Speisekammer der Häftlingsküche trafen, erzählte Klöttje: „Heute mussten wir wieder einen Scheiterhaufen errichten. Zuerst legten wir eine Schicht mit Holz an, dann eine mit Menschenleibern und dann wieder eine mit Holz, bis schließlich alle Körper auf dem Haufen waren. Dann wies uns Schmidt-Lüding an, den Haufen mit Benzin zu übergießen, und die Führer der Isolierblocks mussten mit langen Stangen, an denen brennende Lumpen hingen, den Haufen an mehreren Stellen gleichzeitig anzünden."

Fritz gab Jupp Klöttje ein paar Kartoffeln, und der Hamburger verschlang sofort eine.

„Schmidt-Lüding tut immer so, als ob er ein knallharter Kerl ist, aber wenn du mich fragst, Fritz: In Wirklichkeit ist er ein richtiger Weichling. Sobald der Haufen brennt, versteckt er sich hinter einem Baum und hält sich ein großes weißes Taschentuch vor Maul und Nase. Trotzdem wird ihm immer schlecht."

Fritz kannte Schmidt-Lüding als einen Schöngeist. Er hatte erfahren, dass der Lagerführer Karten für die Bayreuther Festspiele besaß, obwohl es in diesem Jahr nur wenige gab, denn lediglich der *Ring* und der *Holländer* wurden aufgeführt. Als ranghohes Mitglied der SS verfügte er aber über nützliche Kontakte, und so hatte er doch vier Karten für den *Holländer* bekommen. Zwei davon hatte er dem Adjudanten und dessen Frau geschenkt und zusammen würden sie am Wochenende zum Grünen Hügel pilgern.

Das Außergewöhnliche bei den Massenerschießungen war, so erfuhr Fritz wiederum eine Woche später in einer von Jupps Erzählungen, dass die beteiligten Häftlinge immer Alkohol bekamen.

„Spart nicht an Schnaps", befahl Schmidt-Lüding den Führern der Isolierblocks. Schon am frühen Morgen bekamen die Häftlinge so viel, dass sie den ganzen Tag über besoffen waren. Auch jetzt, als Jupp Klöttje mit Fritz wieder in der Speisekammer stand, roch er stark nach Alkohol.

Schmidt-Lüding, der aus einer Industriellenfamilie stammte und nur maßgeschneiderte Uniformen trug, interessierte sich nicht nur für Musik, sondern auch für bildende Kunst. Fritz wusste von einer beachtlichen Sammlung Arno-Breker-Skulpturen. Meist handelte es sich um Kopien, doch besaß er auch Originale, auf die er sehr stolz war.

„Wir müssen die Menschenleiber, ehe wir sie auf den Scheiterhaufen schichten, ausziehen. Dann brechen wir ihnen mit Eisenstangen das Gold aus den steifen Mäulern", berichtete Jupp Klöttje weiter.

Fritz wich vor der Alkoholfahne zurück.

„Die Uniformen von den Russen sammeln wir ein. Sie werden an die Wehrmacht geliefert. Und weißt du, Fritz, was dort damit passiert?“

Fritz zuckte mit den Schultern.

Jupp Klöttjes Stimme wurde leiser. Fast flüsterte er. „Sie werden für Spionage und Sabotage eingesetzt.“

Wieder wich Fritz einen Schritt zurück.

Jupp Klöttje verschlang hastig eine Kartoffel.

„Bei den Erschießungen kommt es aber vor, dass die Russen nicht gleich tot sind“, sagte er. „Das merken wir aber erst, wenn die Scheiterhaufen brennen. Hitze und Rauch lassen sie wieder zu sich kommen. Dann versuchen sie natürlich, zwischen den Holzscheiten und Leibern hindurch rauszukriechen. Meist gelingt ihnen das nicht mehr. Du kannst dir gar nicht vorstellen, Fritz“, fuhr Klöttje fort, „was für ein Schreien und Röcheln und Wimmern es dann gibt.“

Fritz befiel starker Ekel. Am liebsten hätte er Jupp Klöttje nicht mehr zugehört, ihm befohlen, den Mund zu halten, ihn weggeschickt. Er wunderte sich, wie Klöttje auch noch Kartoffeln essen konnte, während er all das erzählte.

„Wie du dir sicher vorstellen kannst, ist das Sterben an sich schon keine schöne Sache, und Ersticken oder Verbrennen bei lebendigem Leib schon gleich gar nicht.“

Klöttje verschlang den letzten Bissen der Kartoffel. Er schwieg. Stille trat ein.

Dann fragte Fritz: „Und was macht ihr mit den Russen, die herauskriechen wollen?“

„Was wir mit denen machen? Wenn es wirklich einem gelingt rauszukriechen, stoßen wir ihn ins Feuer zurück, wie es uns befohlen worden ist.“

Fritz spürte, wie er bleich wurde. Sein Magen zog sich zusammen, und es wurde ihm schlecht.

„Schau mich nicht so komisch an, Fritz. Uns bleibt keine andere Wahl“, rechtfertigte sich Klöttje. „Wenn wir die Befehle der SS nicht befolgen, machen sie mit uns das Gleiche wie mit den Russen. Und glaubst du, ich habe Lust, selber auf dem Scheiterhaufen zu enden?“

„Du hast ja recht“, antwortete Fritz.

Jupp Klöttje änderte seinen Ton. Fast flüsterte er wieder: „Ich sage dir, Fritz, wenn wir den Alkohol nicht hätten ... Zwei von uns haben das nicht ausgehalten. Sie wurden verrückt. Der eine hat sich in einem der Isolierblocks erhängt, der andere ist gegen den Hochspannungszaun gerannt. Danach sah er genauso verkohlt aus wie die Russen auf dem Scheiterhaufen.“

Fritz hatte genug. Er konnte Klöttjes Schilderungen nicht länger ertragen.

„Du musst verschwinden, Jupp. Ein Aufseher könnte kommen.“

Vorsichtig schlich sich Klöttje aus der Häftlingsküche. Fritz wartete noch ein wenig, damit sie nicht zusammen gesehen würden, dann schloss er die Häftlingsküche ab und begab sich auf seine Kapostube.

Nach ein paar Wochen hatte die SS alle russischen Offiziere im Konzentrationslager Flossenbürg liquidiert. Sie wollte die Geschehnisse in der Schießstätte und auf den Scheiterhaufen um jeden Preis geheim halten. Kaum hatte sie die Liquidierung abgeschlossen, gab Schmidt-Lüding deshalb den Befehl, alle beteiligten Häftlinge ebenfalls zu erschießen und ihre Leichen zu verbrennen. Fritz sah Jupp Klöttje nie wieder.

Wir sitzen in zwanzig Jahren
mit zerhacktem Angesicht
in Würde und Talaren
über euch zu Gericht.
Dann werden wir's euch zeigen
in Sprechstunden und Büros
Ihr habt euch zu ducken, zu schweigen! -
Auf die Mensur!

Kurt Tucholsky: *Deutsche Richter von 1940*

Wiedergutmachung

„Ich hab einen Antrag auf Wiedergutmachung gestellt", sagte Fritz damals Anfang der fünfziger Jahre.

„Aha", antwortete Paul perplex.

Fritz schilderte in dem Antrag ausführlich, weshalb er von den Nazis verfolgt worden war, welche körperlichen und seelischen Qualen er erlitten und welche beruflichen und finanziellen Benachteiligungen er hatte hinnehmen müssen.

Fritz' Antrag war heikel. Dadurch, dass er sich bei einer Behörde als Homosexueller zu erkennen gab und somit automatisch als Krimineller galt, lief er Gefahr, verfolgt zu werden. Doch das wollte er nicht noch einmal erleben! Dennoch brachte er den Mut auf, den Antrag mit den wahren Gründen für seine Haft abzuschicken. Dann fragte er Paul, den die Nazis ja zur Kastration gezwungen hatten: „Willst du nicht auch einen Antrag stellen?"

„Nee."

„Warum denn nicht?"

„Ich will die Geschichte nicht noch mal aufrollen, und außerdem bekomm ich doch sowieso nichts!"

„Paul, du musst es aber zumindest probieren!"

„Solange Richterin Gnadenlos das Sagen hat? Nee, das mach ich nicht."

In Berlin war seit dem Kriegsende Marion Yorck von Wartenburg, die Witwe des Widerstandskämpfers, Strafrichterin, doch die Schwulen der Stadt kannten für sie nur einen Namen, da sie besonders hart gegen sie vorging: Richterin Gnadenlos.

„Zu weich darf man nicht sein. Damit kommt man nicht weit!", pflegte sie zu sagen und setzte sich dafür ein, dass homosexuelle KZ-Häftlinge keine Entschädigung erhielten. Sie verhängte sogar höhere Strafen gegen sie, als dies in den Vorjahren geschehen war, und schreckte auch nicht davor zurück, Akten aus der NS-Zeit hinzuzuziehen, um die Angeklagten als Wiederholungstäter zu verurteilen. Kein Wunder also, dass Paul unter solchen Umständen keinen Antrag auf Wiedergutmachung stellen wollte.

„Ich kenne Schwule, die durch die Urteile von Richterin Gnadenlos ihren Beruf und auch ihr Ansehen verloren haben", schimpfte Paul. „Sie müssen mit Renten auskommen, auf die die Zeit im KZ nicht angerechnet ist, und haben deshalb kaum was zum Leben."

Monatelang erhielt Fritz keine Antwort. Dann endlich kam ein Schreiben. Man habe seinen Antrag auf Wiedergutmachung gemäß der geltenden Gesetzgebung eingehend geprüft. Das Amt für Wiedergutmachung bedaure sehr, dass es diesem nicht nachkommen könne, da Homosexuelle nicht unter die Schadensersatzberechtigten fielen und nicht als Opfer des Nationalsozialismus anerkannt würden. Homosexualität habe nach damaliger Rechtsprechung als Delikt gegolten und werde auch nach der derzeitigen Gesetzeslage der Bundesrepublik Deutschland gemäß Paragraf 175 des Strafgesetzbuches ebenso geahndet. Man bitte um Verständnis. Der Brief war mit einem Namen unterschrieben, den Fritz nicht lesen konnte.

Auch zwanzig Jahre später wusste Fritz, dass seine Chancen nicht besonders groß waren. Er kannte keinen Homosexuellen, der bislang eine Wiedergutmachung bekommen hatte. Dennoch stellt er einen neuen Antrag, da der Paragraf 175 geändert und abgeschwächt worden war, Homosexualität unter Erwachsenen nicht mehr als Delikt galt und somit nicht mehr verfolgt wurde.

Leo und Will halfen ihm, obwohl er ihnen von der Ablehnung Anfang der fünfziger Jahre erzählt hatte. In Leo fand Fritz einen kompetenten Partner, der sich als Richter nicht nur in der Gesetzgebung auskannte, sondern auch nützliche Kontakte zu anderen Juristen und entsprechenden Ämtern hatte.

Sie trafen sich regelmäßig, um den Antrag gemeinsam auszuarbeiten – mal in einem Café, mal im ZHM, mal bei Leo in Charlottenburg, mal bei Fritz. Alte Wunden wurden aufgerissen, und Fritz hatte das Leben im KZ auf einmal wieder ganz deutlich vor Augen. Die Schlafstörungen nahmen wieder zu und auch die Angstzustände.

Nackt im Winter im Schnee und stundenlang bei Regen auf dem Appellplatz ausharren, Hunger und Durst ertragen, Angst haben, Strafe auf dem Bock, Dunkelarrest und Pfahlhängen erleiden und Hinrichtungen am Galgen beiwohnen – Fritz konnte gut nachvollziehen, wenn viele NS-Opfer nicht die Kraft fanden, einen Antrag auf Wiedergutmachung zu stellen.

Er schrieb Briefe nach Sachsenhausen und Flossenbürg, in denen er um die Bestätigung seiner Zeit im KZ bat. Nichts geschah. Er hakte nochmals nach, und aus Flossenbürg wurde verlautet, dass man keine Unterlagen über ihn habe. Wieder keine Antwort aus Sachsenhausen. Vermutlich lag es daran, dass die DDR einem Bürger der BRD nicht Auskunft erteilte. In einem dritten Anlauf bestätigte ihm Flossenbürg, dass er vom März 1939 bis zum April 1945 im dortigen KZ inhaftiert gewesen war. Sie mussten also inzwischen die Unterlagen über ihn gefunden haben.

Als das Gesuch endlich unter Dach und Fach war, brachte Fritz es zur Post. Würde sein Antrag dieses Mal abgelehnt? Würde er genehmigt? Abgelehnt? Genehmigt? Genehmigt? Abgelehnt? Fritz wusste nur, dass er bislang keinen Homosexuellen kannte, der eine Wiedergutmachung bekommen hatte.

Der Brief war kurz und lautete: „[...] Bitte such mich nicht, es wäre nicht schön, mich zu finden."

Peter Handke: *Der kurze Brief zum langen Abschied*

Neues aus Berlin

Das Schreiben von Briefen war im KZ streng reglementiert. Jeder Häftling durfte im Monat ein paar Briefe verschicken und empfangen. Sowohl die ein- als auch die ausgehende Post konnte kontrolliert werden. Fritz tat sich mit dem Briefeschreiben schwer, denn er musste sich immer erst genau überlegen, was er schrieb und wem er schrieb. Seinen Eltern, Tante Mieze, Paul in Berlin, Heinz in Sachsenhausen. In einem Brief, den er von seiner Mutter bekommen hatte, stand:

Mein lieber Fritz!
Wie Du weißt, haben wir schon länger Lebensmittelkarten. Es fällt uns schwer, uns daran zu gewöhnen. Brot, Milch, Fleisch und Butter sind rationiert. Wir bekommen im Monat 125 Gramm Seife und 250 Gramm Waschpulver auf eine Karte. Das ist nicht viel. Brot gibt es zweieinhalb Kilo in der Woche, Butter achtzig Gramm und Vollmilch überhaupt nicht mehr. Die bleibt Kindern, werdenden und stillenden Müttern sowie Schwer- und Schwerstarbeitern vorbehalten. Aber ich will nicht klagen. Uns geht es bestimmt besser als Dir. Vater und ich kommen gut über die Runden, und da wir schon älter sind und Vater in Rente ist, genügt uns wenig. Alte Menschen brauchen nicht mehr viel.

Seit Wochen werden viele Städte im Reich von feindlichen Flugzeugen bombardiert. Auch Berlin wurde heimgesucht. Unser Haus hat es erwischt, aber Gott sei's gedankt, nur leicht. Das Dach fing Feuer, und das Ehepaar Meinecke aus der obersten Etage ist für ein paar Tage bei uns eingezogen.

Wir haben sie im Wohnzimmer untergebracht. Dein Zimmer habe ich aber frei gehalten, falls Du unverhofft zurückkommen solltest. Außerdem sollst Du bei Deiner Rückkehr alles so vorfinden, wie Du es verlassen hast.

Fritz blickte auf und ließ den Brief in seinen Schoß sinken. Tränen stiegen ihm in die Augen und ließen die Stube vor ihm verschwimmen. Er sah nur noch graue und braune Umrisse. Dann schloss er die Augen und die Tränen liefen ihm über die Wangen. Würde er je wieder nach Berlin zurückkehren? Die Mutter hielt sein Zimmer für ihn frei. Würde er die Wohnung der Eltern je wiedersehen? Manchmal glaubte er nicht mehr daran. Zu lange schon war er von zu Hause weg. Mehr als vier Jahre waren es jetzt! Und das Leben im KZ war so unerträglich. Jeden Tag musste er mit ansehen, wie Häftlinge zu Tode geschunden wurden oder wie sie einfach so ermordet wurden. Besonders wenn er zusehen musste, wie die mit dem rosa Winkel malträtiert wurden, tat es ihm weh in der Brust. Dann bekam er Schuldgefühle, weil er diesen Winkel abgelegt hatte, dass er sich vor der Verantwortung drückte. Er hatte dann unheimliches Mitleid mit ihnen und konnte ihnen nicht helfen, wusste zumindest nicht, wie er ihnen helfen könnte, ohne sich nicht selbst zu gefährden.

Fritz nahm wieder den Brief aus seinem Schoß und fuhr fort, die Zeilen seiner Mutter zu lesen.

Tante Mieze geht es gut. Sie muss jetzt in einem Offizierskasino Dienst tun. Der Dienst ist anstrengend und die Arbeitszeiten sind lang. Aber dort kommt sie an Nahrungsmittel, die für die meisten Menschen nicht mehr zu haben sind. Sie kann abends oft den einen oder anderen Happen mitnehmen, der mittlerweile zur Delikatesse geworden ist. Sie schenkt uns dann immer ein wenig Fleisch und Wurst.

Wie Pauls Zeilen entnommen werden konnte, war er zufrieden, soweit zu dieser Zeit überhaupt jemand in der Bevölkerung zufrieden war. Er ließ keine Gelegenheit aus zu betonen, dass er heilfroh sei, wegen seiner Kastration nicht zur Wehrmacht zu müssen, und dass seine Entscheidung, die Operation durchführen zu lassen, richtig gewesen sei. Was heißt hier Entscheidung?, dachte Fritz. Gezwungen haben sie dich. Wenn du nicht Ja gesagt hättest, würdest du heute nicht mehr leben.

Paul arbeitete inzwischen nicht mehr in der Charité, sondern tat in einem Lazarett in Eberswalde Dienst. Die Arbeit sei hart, schrieb er, aber er finde dies immer noch besser, als an der Front zu stehen. Und da er als Krankenpfleger arbeite, sei er in einem Lazarett genau an der richtigen Stelle. Gewiss tue es ihm einerseits weh, mit ansehen zu müssen, wie die blutjungen Soldaten übel zugerichtet von der Front in die Hauptstadt kämen, für die es oft keine Hoffnung mehr gäbe zu überleben. Andererseits sei es aber schön, den ganzen Tag unter netten Jungs zu sein, die seine Hilfe bräuchten und ihm dafür dankbar seien, so Paul.

Fritz legte die Briefe von seiner Mutter und Paul zunächst beiseite und verstaute sie dann in seinem Spind. Er trat vor den vergilbten Spiegel über dem kleinen Waschbecken, sah sich an und trocknete sich die geröteten Augen.

Müde in die Zeilen blickend
und zuletzt im Schlafe nickend,
hört' ich plötzlich leise klopfen,
leise, doch vernehmlich klopfen
Und fuhr auf, erschreckend stammelnd:
„Einer von den Kameraden"
„Einer von den Kameraden".

Edgar Allan Poe: *Der Rabe*

Heinz

Fritz lag auf seiner Pritsche und weinte in sein Kissen. Jan stutzte, als er die Stube betrat und Fritz so vorfand.

„He, was ist denn los mit dir? Ist doch schön hier. Lauter nette Leute, es gibt Arbeit und regelmäßig Essen. Zumindest meistens. Kein Grund also zu klagen."

Fritz reagierte nicht. Als er sich aufsetzte, sah Jan sein rotes, tränenverschmiertes Gesicht.

„He, Fritz, warum hat Hitler keine Kinder?"

„Jan, lass mich. Keine Witze jetzt."

„Er sagt doch immer, mir ist keiner gewachsen."

Fritz reagierte nicht.

„Sagt Hitler zu Göring", fuhr Jan fort. „‚Du, Hermann, der Reichstag brennt.' Daraufhin schaut sich Göring vorsichtig um, legt den Finger auf den Mund und flüstert: ‚Psst, Adolf, erst übermorgen!'"

Fritz reagierte immer noch nicht.

„Warum hat Hitler auf seinem Nachttisch ein Glas Wasser und ein leeres Glas stehen? – Manchmal wird er nachts wach und hat Durst. Manchmal aber wird er nachts wach und hat keinen Durst."

„Jan, ich weiß, du meinst es gut. Aber mir ist nicht zum Lachen zumute." Dann erzählte er ihm, weshalb er so traurig war.

Heinz war tot.

Nachdem Fritz nach Flossenbürg gebracht worden war, hörte er von Heinz noch ein Jahr lang. Sie schrieben sich regelmäßig, und Fritz machte sich Sorgen, weil Heinz' Briefe stets völlig verzweifelt klangen. Es gelang ihm nicht, aus dem Arbeitskommando im Klinkerwerk zu kommen, und er wusste nicht, wie lange er die Arbeit dort noch aushalten würde. Seit Monaten war Fritz über Heinz' Schicksal im Ungewissen. Immer wenn Häftlinge von Sachsenhausen nach Flossenbürg verlegt wurden, lief er gleich zu ihnen und fragte sie: „Kennt ihr einen Heinz Plassnik aus Wien, der im Klinkerwerk arbeitet?"

Die meisten Ankömmlinge waren einem anderen Kommando zugeteilt gewesen, und wenn sie im Klinkerwerk gearbeitet hatten, so sagte ihnen der Name nichts.

Im Frühsommer 1942 kamen erneut Häftlinge aus Sachsenhausen in Flossenbürg an. Unter ihnen war Oskar Mayrhofer, ein Kunstmaler aus dem Weinviertel. Fritz stellte auch ihm die Frage nach Heinz' Wohlbefinden.

„Kennst du das Bild *Pubertät* von Edvard Munch?", fragte Oskar.

Fritz verneinte.

„Genau so wie das Mädchen auf dem Bild hat der Heinz zum Schluss ausgesehen." Oskar erzählte weiter: „Der Heinz war völlig abgemagert. Wenn der unter der Dusche stand, so habe ich immer gleich weggeschaut, so scheußlich sah der aus. Obwohl viele im Lager ähnlich wie er aussehen ... aber bei ihm war's schlimmer ... Die Rippen standen weit aus dem Leib, und seine Augen ... du hättest seine Augen sehen sollen ... wie Glaskugeln traten sie aus dem Schädel." Oskar machte eine Pause. „Man hat ihn schließlich ins Krankenrevier gebracht", fuhr er fort, „und was dann aus ihm geworden ist, weiß ich nicht. Auf jeden Fall hat ihn von da an keiner mehr gesehen."

Jan setzte sich neben Fritz auf das Bett und drückte ihn fest an sich. So verweilten sie lange. Plötzlich sprang Jan von der Pritsche auf, stellte sich in die Mitte der Stube und begann, seinen Blick auf Fritz gerichtet, aus Maria Stuart zu deklamieren:

„O Maria,
Du bist das schönste Weib auf dieser Erde!
Was ist mir alles Leben gegen Dich
und meine Liebe! Mag der Welten Band
sich lösen, eine zweite Wasserflut
herwogend alles Atmende verschlingen!
- Ich achte nichts mehr! Eh' ich Dir entsage,
eh' nahe sich das Ende aller Tage."

Jan lief auf Fritz zu, kniete vor ihm nieder und küsste ihm mit gespielter Ehrfurcht die Hand. Dann sah er ihn schmachtend an und streichelte ihm zärtlich den Hals. Allmählich verschwand die Röte aus Fritz' Gesicht, und er wischte sich mit dem Handrücken die feuchten Stellen von den Wangen. Jan sprach weiter:

„Ja, glühend wie sie hassen, lieb ich Dich!
Sie wollen Dich enthaupten, diesen Hals,
den blendend weißen, mit dem Beil durchschneiden.
Mit diesen Reizen, die nicht Dein mehr sind,
beselige den glücklichen Geliebten."

Jan strich Fritz jetzt zärtlich über den Kopf und das schüttere Haar.

„Die schöne Locke, dieses seidne Haar,
verfallen schon den finstern Todesmächten,
gebrauch's, den Sklaven ewig zu umflechten!"

Allmählich änderte sich Fritz' Ausdruck. Die roten Stellen aus seinem Gesicht waren ganz verschwunden, die Wangen trocken, doch blieb die Trauer um Heinz wie ein Schatten über ihm. Er zog Jan, der immer noch vor ihm kniete, zu sich hoch und küsste ihn.

Da bemerkte ich, [...] an sein Lager gefesselt
wie Prometheus an seinen Felsen, im Begriff,
die Schläge einer tatsächlich mit scharfen Spitzen
versehenen Klopfpeitsche entgegenzunehmen, die Maurice
auf ihn niederfallen ließ, [...] den Baron de Charlus.

Marcel Proust: *Die wiedergefundene Zeit*

Der Wichser

Es regnete schon den ganzen Tag. Alles war nass und glänzte: der Asphalt auf dem Appellplatz, die Dächer der Holzbaracken, das Podest mit den beiden Böcken. Wie kleine Glaskugeln hingen die Tropfen an den Bäumen, und selbst wenn der Wind durch die Zweige blies, blieben die Wassertropfen hängen. Die Tage zuvor waren staubtrocken gewesen, und der Regen hatte jetzt alles schmierig gemacht.

An diesem Abend dauerte der Appell wieder einmal länger als gewöhnlich. Nach dem Durchzählen sollten zwei Tschechen auf dem Bock bestraft werden. Fritz' Uniform war vom Regen feucht und schwer. Noch spürte er die Nässe und Kälte nur auf dem Stoff.

Lagerführer Schmidt-Lüding befahl Rapportführer Reinthaler vorzutreten. Reinthaler verkündete das Urteil und ordnete die Durchführung an. Jeder der beiden Tschechen bekam zwanzig Schläge. Reinthaler zufolge waren die beiden in der Nacht in die Häftlingsküche eingedrungen und hatten dort Essen gestohlen.

Als Fritz am Morgen die Küche aufgeschlossen hatte, war ihm nichts Ungewöhnliches aufgefallen. Die Tür ließ sich öffnen wie immer, und auch am Schloss schien nichts kaputt zu sein. Die beiden Tschechen mussten also einen Schlüssel gehabt haben. Erst als Fritz die Speisekammer betrat, bemerkte er, dass Fleisch und Wurst fehlten. Da die Menge unbedeutend war, ging er der Sache nicht nach. Er hatte Verständnis, wenn sich ein Häftling über die karge Tagesration hinaus den einen oder anderen Bissen besorgte, solange Fritz dadurch keinen Schaden befürchten musste.

Es musste aber jemand die Täter verraten haben, denn Blockführer Kostingk ließ genau an diesem Tag alle Spinde im Tschechen-Block, und zwar nur dort, durchsuchen.

Die ganze Bestrafung über mussten alle anderen Häftlinge auf dem Appellplatz stillstehen und die Augen geradeaus richten. Wer dagegen verstieß, wurde von den SS-Männern geschlagen.

Kostingk als Führer des Tschechen-Blocks und Doleschal als Führer der Häftlingsküche führten die Bestrafung durch. Die Tschechen, von denen der eine um die fünfzig, der andere aber noch keine zwanzig sein mochte, wurden auf das Podest geführt. Auf der einen Seite banden sie unten am Bock ihre Beine fest, auf der anderen Seite ihre Arme, sodass ihr Gesäß als höchster Körperteil genau auf dem Bock lag.

Fritz' Uniform wurde von dem Regen immer feuchter und schwerer. Er spürte, wie Nässe und Kälte unangenehm an seine Haut drangen.

Die Verurteilten mussten jeden Schlag laut mitzählen. Jeder Schlag, bei dem dies nicht geschah, galt als nicht durchgeführt und wurde so lange wiederholt, bis alle die Zahl laut und deutlich verstanden. Doleschal und Kostingk griffen nach den Ochsenziemern, und zeitgleich begannen sie mit dem ersten Schlag.

„Eins!", zählten die beiden SS-Männer schreiend, und wie ein leises Echo hallten die Stimmen der Tschechen.

Aus dem Augenwinkel heraus sah Fritz Greipl, der wie immer bei Bestrafungen abseits stand. Fritz bemerkte nicht zum ersten Mal, dass Greipl bei solchen Anlässen stets in seiner Hosentasche herumfummelte. Auf Schritthöhe ging seine Hand in schnellen Bewegungen auf und ab.

Als nach dem zehnten Schlag die Haut des jüngeren Tschechen aufriss und Blut durch seine Hose drang, machte Greipl noch stärker an seinem Schritt herum.

In der Gegenwart der SS-Männer gab sich Franz Greipl immer betont männlich. Er steckte die Hände in die Hosentasche und stellte sich breitbeinig auf. Dieses männliche Getue stand in krassem Gegensatz zu seinem Äußeren. Greipl hatte nämlich schmale Schultern und war schmächtig gebaut. Gleich bei seiner Ankunft in Flossenbürg, als Fritz Greipl zum ersten Mal sah, waren Fritz die kleinen, zierlichen Hände aufgefallen, die, wie die einer Frau, sehr gepflegt und deren Nägel akkurat gefeilt waren. Greipl war nicht verheiratet. Er erzählte den SS-Leuten aber bei jeder Gelegenheit, dass seine Verlobte in der Reichshauptstadt lebe. Sie könne nicht nach Flossenbürg kommen, da sie ihren kranken Vater pflegen müsse. Alle vier Wochen nahm sich Greipl ein paar Tage frei und fuhr nach Berlin.

Greipl fummelte noch immer in seiner Hose herum. Du dreckiges Schwein, dachte Fritz. Nicht wir, sondern du solltest auf den Bock geschnallt werden, und wir die Häftlinge sollten dich auspeitschen, bis dir der Arsch aufplatzt und das Blut spritzt. Das wäre die gerechte Strafe! Aber das würde dir wahrscheinlich noch gefallen, du dreckiges Schwein!

Als Doleschal und Kostingk die Bestrafung beendet hatten, zog Greipl die Hand aus seiner Hose heraus. Er atmete kurz und flach und hatte einen roten Kopf, den er mit seinem Taschentuch abwischte.

Der ältere Tscheche konnte sich gerade noch auf den Beinen halten. Der jüngere aber brach zusammen und blieb bewusstlos auf dem Boden liegen. Erst als ihm Kostingk einen Eimer Wasser über den Kopf schüttete, kam er wieder zu sich.

Die Bestraften wurden in ihre Baracke gebracht. Fritz' Uniform, wie die der anderen Häftlinge inzwischen völlig durchnässt, klebte auf seiner Haut. Er war klatschnass, und ihn fror.

Reinthaler trat erneut vor und wies darauf hin, dass diese Bestrafung jedem Häftling eine Lehre sein solle.

„Jeder, der versucht, Nahrung zu stehlen, beraubt das deutsche Volk! Und das deutsche Volk lässt sich das nicht gefallen!", schrie er. „Jeder, der so etwas tut, hat mit der gleichen Strafe zu rechnen. Und damit ihr euch das merkt, fällt heute die Abendration aus."

Ochs tut es, Kuh tut es,
ein gesundes Känguru tut es,
tu du es, sei mal verliebt!

Hildegard Knef: *Sei mal verliebt!*

Ein anderes Leben

Seit ihrer ersten gemeinsamen Nacht vor vier Wochen waren Fritz und Will ein Paar. Auf einmal fand Fritz sein Leben viel schöner als je zuvor. Schöner als in seiner Kindheit, die er nicht in guter Erinnerung hatte, schöner als in der Zeit seit dem Krieg, die für ihn eine Zeit der Isolation war, und schöner als in den Jahren vor den Nazis. Er empfand sein Leben kurzweiliger, interessanter und erfüllter. Abends war er nicht mehr allein. Will kam zu ihm, und dann kochte Fritz. Sie erzählten sich, was sie tagsüber erlebt hatten, und sprachen über ihre Arbeitskollegen und Nachbarn.

An diesem Dienstagabend saßen sie in Wills Neuköllner Wohnung am Kottbusser Damm im Wohnzimmer. Im Fernsehen lief *Anders als Du und ich*. Als Fritz im Vorspann Veit Harlans Namen las, rief er: „Der war doch Goebbels' Haus- und Hofregisseur ... Jud Süß und so ... Darf der noch Filme machen?"

Will zuckte mit den Achseln und zog seine Mundwinkel nach unten.

Das Ehepaar Teichmann, dargestellt von Paula Wessely und Paul Dahlke, hatte einen Sohn namens Klaus, dessen Lebensweise die Eltern beunruhigte. Klaus pflegte Gesellschaft mit Männern, die homosexuell zu sein schienen. Der Umgang mit ihnen gefiel ihm, da sie Künstler waren, die ganz im Gegensatz zu seinen Eltern seine kulturellen Vorlieben förderten. Klaus' Vater zeigte Dr. Boris Winkler, einen der Künstler, wegen Verführung Minderjähriger an, hatte mit seiner Anzeige aber keinen Erfolg.

Daraufhin nahm die verzweifelte Mutter ihren Filius ins Gebet. „Klaus, nimm dir ein Beispiel an Vater und mir", stammelte die Wessely aus dem Fernseher heraus. „Nur die Ehe allein ist heilig. Du kannst und darfst dich nicht mit Männern einlassen."

Sie schlug ihm deshalb vor: „Versuch es doch mit Elektroschocks. Die bringen dich wieder auf den rechten Weg und machen einen richtigen Mann aus dir."

Fritz traute seinen Ohren nicht, als er Mutter Teichmanns Worte hörte. „Glaubst du, die Deutschen denken heute immer noch so?", fragte er Will und verzog sein Gesicht zur Grimasse.

Will zuckte wieder mit den Achseln und machte eine Grimasse wie Fritz, sagte aber nichts.

Sonnabends unternahmen Fritz und Will meist gemeinsame Ausflüge mit den Graubären, sonntags traf sich Fritz mit Huberta im *Paarschritt*.

In wenigen Monaten würde es ein neues Tanzturnier geben, und Huberta und Fritz übten wieder zwei Mal wöchentlich. Seinen Unfall hatte er gut überstanden, der Gips war ab, und er arbeitete wieder. Anfangs hatte er noch Schmerzen, wenn er den Fuß belastete, aber bald war alles wieder beim Alten. Huberta und Fritz besuchten jetzt auch Museen, machten Ausflüge und gingen essen. Giselher, Hubertas Mann, war seit Kurzem pensioniert und hatte viel Zeit. Endlich lernten sich Giselher und Fritz kennen, und Giselhers Eifersucht verschwand.

Fritz verlor seine Scheu, und sein Leben als Homosexueller wurde für ihn zur Normalität. Er ging unbefangener damit um und fühlte sich wie in den späten Weimarer Jahren. Er erzählte Rose Cohen, dass und weshalb er sieben lange Jahre im KZ gewesen war. Die Sekretärin fühlte sich geschmeichelt, und von diesem Tag an pflegten sie ein besonderes Vertrauensverhältnis.

Auch Theo Feltow, Uta Brackmann und Gregor Danner klärte Fritz über sich auf.

Fritz aß weniger Süßigkeiten und trank weniger Alkohol. Selbst wenn Will nicht bei ihm war, fühlte er sich nicht allein. Er wusste, Will war für ihn da. Jederzeit. Wann immer er wollte. Wann immer er ihn brauchte. Und das gab ihm Halt!

Im Fernsehen bearbeitete Mutter Teichmann immer noch ihren Sohn.

„O Klaus, es ist so furchtbar!", schluchzte sie. „Du musst das unterdrücken. Ein Mann muss eine Frau lieben." Die Wessely änderte ihren Ton. „Nur das zählt. Nur das ist herrlich. Nur das ist schön."

Plötzlich hatte Mutter Teichmann eine Idee.

„Nimm Ingrid zur Freundin. Geh mit ihr zum Tanztee. Wenn du das nicht tust, stecken wir dich in eine Heilanstalt", drohte sie.

Klaus nahm daraufhin mit Ingrid Kontakt auf. Zwar ließ er sich nicht mit ihr ein, aber über Ingrid lernte er Gerda kennen, die ihn verführte. Unterdessen erfuhr Dr. Winkler vom Vorgehen der Mutter und zeigte sie an. Sie kam wegen Kuppelei vor Gericht und wurde verurteilt.

Als der Film zu Ende war, sah Fritz Will erneut an, und wieder verzog er das Gesicht.

„Am besten, du machst den Fernseher aus", sagte Will verärgert.

Sie versuchten, diesen ungehörigen Film so schnell wie möglich zu vergessen, und sprachen darüber, wie Fritz endlich die lange geplante Renovierung seiner Wohnung hatte durchführen lassen. Der Zeitpunkt war günstig gewesen, da die alten Kohleöfen im Haus gerade durch eine Zentralheizung ausgetauscht worden waren. Fritz ersetzte die geblümten Tapeten durch weiße Farbe. Dadurch wirkte die Wohnung größer und freundlicher. Anstelle der schweren Gardinen seiner Mutter brachte er leichte Stores an, was mehr Licht in die Wohnung dringen ließ. Das Fischgrätparkett wurde geschliffen und lackiert, die Stuckdecken gestrichen und ihre Ornamente farblich abgehoben. Er trennte sich von alten Möbeln, und so war in der Wohnung mehr Platz.

Als alles fertig war, glaubte Fritz, in eine neue Wohnung gezogen zu sein.

Nach dir, nach dir rief ich, als du heraufstiegst,
höllischer Archetyp, aus dem tiefen Erebos,
mit deinem neutralen Zauber, deinem Ephebenantlitz,
deinen männlichen Brüsten, und zu mir kamst.

Amado Nervo: *Androgyn*

Dunkelarrest

Als Fritz an einem Montagmorgen in der Häftlingsküche rote Bete schälte, machte er sich seine Jacke schmutzig. Die Flecken in Bauchhöhe sahen wie Blut aus.

So kann ich nicht zum Appell, sagte er sich.

Fritz meldete sich also bei Doleschal ab, begab sich auf seine Stube und wechselte die Jacke. Als er wieder nach draußen treten wollte, stieß er mit Greipl zusammen.

Fritz erschrak, riss sogleich seine Kappe vom Kopf und hob die Hand zum Gruß.

„Heil Hitler! Häftling 69 175 auf dem Weg zur Häftlingsküche, Herr Rapportführer."

„Was machst du hier?", fragte Greipl. „Du sollst arbeiten und nicht faulenzen."

„Ich ..."

„Halt's Maul."

Schon winkte Greipl einen Kapo heran.

„Fünf Tage Dunkelarrest für 69 175. Sofort ausführen."

Fritz war schockiert. Er spürte auf einmal sein Herz stark klopfen. So stark, dass er dachte, es springe ihm aus dem Leib. Schweiß bildete sich auf seiner Stirn und seinen Fingerspitzen.

„Nein!", schrie er, „ich wollte doch ..."

Greipl war schon weg.

Doleschal tobte, als er von Fritz' Bestrafung erfuhr.

„Greipl kann mir nicht einfach meinen Kapo wegnehmen." Am liebsten hätte er sich mit Greipl angelegt, doch der Rapportführer war eine Rangstufe über ihm. Außerdem war es zu spät. Fritz hatte die Strafe schon angetreten. Ihm blieb nicht einmal die Zeit, sich von Jan zu verabschieden.

Es war nicht üblich, dass Kapos bestraft wurden. Wenn dies doch geschah, mussten sie sich eines besonders schweren Vergehens schuldig gemacht haben und wurden dann nach Vollzug der Strafe als Kapo abgesetzt.

Über den Dunkelarrest hatte Fritz Schlimmes gehört. Es gab Häftlinge, die verrückt wurden, die Depressionen bekamen und sich das Leben nahmen. Allen aber war gemein, dass ihnen fürchterlich die Augen schmerzten, wenn sie nach der langen Dunkelheit wieder ins Tageslicht traten.

Die Zelle war klein; sie mochte gerade einmal zwei mal zwei Meter sein. Fritz konnte ihre Größe nur ertasten. Es gab eine Holzpritsche und einen Eimer, wo er seine Notdurft verrichten konnte. Es stank nach Kot und Urin. Der Eimer wurde die ganze Zeit über nicht geleert. Essen brachte man ihm, wenn überhaupt, zu den unterschiedlichsten Zeiten. Der Rahmen der Zellentür war isoliert, und kein Licht drang durch den Spalt. Fritz wusste nicht, ob Tag war oder Nacht, Morgen oder Abend, Mittag oder Mitternacht.

Aus den anderen Zellen hörte er Schläge, Schreie und Schüsse. Sie machten ihm Angst, unvorstellbare Angst.

Um die Zeit zu überstehen, zählte Fritz immer wieder bis Tausend. Irgendwann wurde ihm das zu einsilbig. Diese Dunkelheit, diese Einsamkeit und diese Kälte in der Zelle. Selbst jetzt, wo der Winter vorbei war. Da Fritz nichts anderes einfiel, rechnete er aus, wie lange er schon im KZ war. Fünf Jahre waren es jetzt! Das waren sechzig Monate, mehr als 1.800 Tage und fast 44.000 Stunden. Die Minuten und Sekunden konnte er nicht ausrechnen, aber die Zahlen hätten ihm sowieso nichts gesagt. Er fragte sich, wie viele Stunden, Tage und Monate er noch im KZ bleiben und ob er es je lebendig verlassen würde.

Zwischendurch summte Fritz alle Lieder und Melodien, die ihm in den Sinn kamen. Er versuchte, sich an die schönsten Momente seines Lebens zu erinnern.

Die ganze Zeit über dachte er vor allem an Jan. An dessen Körper, der sogar ausgemergelt noch schön war. Wie sehr wünschte er sich, bei ihm zu sein, bei ihm zu liegen, mit ihm zu schlafen. Und er begann zu masturbieren. Ein Mal, zwei Mal, drei Mal. Immer wieder. Immer häufiger. In immer kürzeren Abständen. Er schrie nach Jan, schrie „Ich liebe dich!", schrie „Hilf mir doch. Ich bin hier, Jan!", und masturbierte, bis er vor Erschöpfung auf der Pritsche einschlief.

Dann, zwischendurch, fielen ihm immer wieder Heinz' Abschiedsworte in Sachsenhausen ein.

„Du kommst schon durch, Fritz. Du bist ein zäher Bursche."

Wie oft hatten ihm diese Worte bislang geholfen, ihm Hoffnung gegeben und ihn an einen guten Ausgang glauben lassen. Aber diesmal halfen auch sie nicht. Er war ohne Hoffnung und konnte in diesem Augenblick nicht glauben, dass er durchkommt.

Das Frühjahr kommt! Wach auf, du Christ!
Der Schnee schmilzt weg! Die Toten ruhen!
Und was noch nicht gestorben ist
Das macht sich auf die Socken nun.

Bertolt Brecht: *Mutter Courage und ihre Kinder*

Krieg

Als das Schlimmste im KZ empfand Fritz die ständige Angst. Morgens, mittags, abends, nachts, immer war sie da. Beim Morgenappell, im Arbeitskommando, beim Essen, beim Abendappell, in der Baracke, beim Abpfeifen, werktags wie sonntags. Die SS-Männer tauchten immer und überall auf. Sogar nachts kamen sie.

Ein schlecht angenähter Knopf, eine schief sitzende Kappe – alles konnte der Auslöser für eine Quälerei sein, die in Folter und Tod endete. Einen Auslöser brauchten die SS-Männer nicht einmal; einen Grund fanden sie immer.

Und dazu kam der Hunger. Der unentwegte Hunger. Schmerzen im Magen, als ob sich die Säfte in die anderen Organe fressen würden, und Träume vom Essen, die dazu führten, dass sich Fritz nachts im Schlaf die Lippen leckte. Ihm lief das Wasser im Mund zusammen, wenn er Essen roch.

Bevor er ins KZ gekommen war, wog er hundertfünfzig Pfund, inzwischen nicht einmal mehr hundert. Er war nur noch Haut und Knochen. Und dabei hatte er im KZ anderen Häftlingen gegenüber Privilegien und besorgte sich, wenn es ging, sogar Extra-Rationen.

Häftlinge, die im Steinbruch arbeiteten, so erzählte man, fraßen die Rinde von den Bäumen, um überhaupt etwas zum Kauen zu haben. Ganze Baumstämme hatten sie bis zwei Meter über dem Boden kahl gefressen.

„Frieren ist schlimmer als hungern", hatte Fritz' Mutter immer gesagt, und wie recht sie hatte. Von Oktober bis April froren die Häftlinge im KZ so sehr, dass sie auf ihren Pritschen nachts Handschuhe und Strümpfe trugen. In den Steinbrüchen froren vielen die Finger und Zehen ab.

Fritz hatte den Willen zu überleben. Im KZ gab es zwar nichts, was ihm Hoffnung machte, aber die Hoffnung starb bekanntlich zuletzt. Die Hoffnung, das Nazi-Regime zu überdauern.

1943, nach der Schlacht von Stalingrad, ließ Lagerkommandant Kögel den deutschen Häftlingen, die einen roten oder grünen Winkel trugen, verkünden: „Die Wehrmacht braucht Soldaten. Jeder, der an die Front geht, muss nicht ins Lager zurück."

Viele ließen sich auf das Angebot ein.

Die brauchen bloß Kanonenfutter, dachte Fritz. Deshalb lassen sie uns raus. Sie schicken uns an die Ostfront, gleich in die erste Reihe. Ich bleibe hier, hier habe ich zumindest eine kleine Chance, an der Front keine.

Fritz wollte das KZ und den Krieg überleben. Dieser Gedanke hielt ihn am Leben. Er wollte nach Hause zurück. Er wollte seine Mutter wiedersehen, Tante Mieze, Paul. Er wollte wieder ins Büro gehen, die Berliner Luft atmen und das Treiben der Stadt erleben.

Was Fritz über die Jahre am meisten half, war jedoch das Leben mit Jan. Die Liebe zu Jan, die Nähe zu ihm, die Hingabe. Jans Körper, seine Haare, sein Geruch. Die Stunden mit ihm, die Gespräche, sein Humor, der ihn immer wieder zum Lachen brachte, auch wenn er seine Witze meist schon kannte.

Es gab Tage, an denen Fritz verzweifelt war und nicht mehr glaubte, das Lager jemals lebend zu verlassen. Das geschah an Tagen, wenn er miterlebte, dass Häftlinge getötet wurden. Dann stieg grenzenloser Hass in ihm auf. Hass auf Hitler, Hass auf

Himmler, Hass auf Kögel, auf Schmidt-Lüding, auf Reinthaler, auf Kostingk, Doleschal, Manchinger und Greipl und wie sie alle hießen. Fritz wünschte ihnen den Tod. Er hasste das Nazi-Regime. Er hasste alle Nazis. Er hasste Deutschland und das deutsche Volk, das das alles zuließ.

An solchen Tagen wünschte er sogar sich selbst den Tod. Dann wäre alles vorbei gewesen. Einfach endlich vorbei.

Je länger der Krieg dauerte, desto nachlässiger wurden die SS-Männer des KZs Flossenbürg im Umgang mit den deutschen Häftlingen. Die Kontrollen in den Blocks wurden seltener. Die Aufseher spürten, dass Deutschland den Krieg verlor.

In den Baracken machten sich Häftlinge daran, aus geschmuggelten und gestohlenen Gegenständen Radios zu bauen. Henrik, ein Physiker aus Oslo, der im Widerstand gegen die deutschen Besatzer gekämpft hatte, konstruierte ein Mini-Radio, das er in seinem Kopfkissen versteckte.

Auf das Hören ausländischer Sender stand die Todesstrafe. Also durfte man sich auf keinen Fall von der SS erwischen lassen. Deshalb mussten immer zwei Mann an den Barackentüren Schmiere stehen. Der meistgehörte Sender im Lager war BBC, der mit seinen Meldungen die deutsche Bevölkerung zu demoralisieren versuchte und zum Widerstand gegen Hitler aufrief.

Abends und sonntags zogen sich die Häftlinge in eine Ecke des Tagesraums zurück und hörten Radio. Sie freuten sich über eine deutsche Niederlage und jubelten innerlich über jeden alliierten Sieg, denn dadurch rückte ihre Befreiung Tag für Tag ein Stück näher.

Über das Kriegsgeschehen waren die Häftlinge besser informiert als die SS-Männer im Lager und die allgemeine deutsche Bevölkerung. Die Schlacht von Stalingrad hatte die Wende des Krieges eingeläutet, erfuhren sie auf BBC. Eine Million Menschen hatte bei den monatelang andauernden Kämpfen in der eisigen Kälte des russischen Winters 1942/1943 ihr Leben verloren.

Unter ihnen 300.000 Soldaten der Wehrmacht. Die Deutschen wurden aus dem Osten zurückgedrängt, die eroberten Gebiet wieder kleiner, die Grenzen des Deutschen Reichs immer enger.

Auch der Krieg im Norden entwickelte sich zugunsten der Alliierten. Das Deutsche Reich brach den U-Boot-Krieg dort ab, und die Alliierten konnten Europa mit Waffen und Munition versorgen. Große Freude breitete sich in den Baracken aus.

So wie im Norden und Osten erging es der Wehrmacht auch im Süden und Westen. Engländer und Amerikaner landeten in Nordafrika und vertrieben Rommel. Deutschland musste dort kapitulieren.

Im Juli 1943 landeten die Alliierten in Italien. Die deutschen Truppen wurden zurückgedrängt und Mussolini gestürzt. Damit hatte Hitler seinen wichtigsten Verbündeten verloren, was vor allem die italienischen Häftlinge in Flossenbürg erfreute. Ihr Land war befreit, und sie hofften, bald in die Heimat zurückkehren zu können, denn sie waren sich sicher, dass sie unter der neuen Regierung, die auf der Seite der Alliierten stand, nicht mehr verfolgt wurden.

Am 6. Juni 1944 landeten die Amerikaner in der Normandie. Der deutsche Atlantikwall hielt nicht mehr stand, und im September wurde Frankreich befreit. Unter den jubelnden französischen Häftlingen waren viele ehemalige Kämpfer der Résistance.

Die Amerikaner und Engländer rückten weiter vor und zerstörten die deutschen Städte und Rüstungszentren. Die Hoffnung auf ein Ende des Krieges, auf das Ende des Nazi-Regimes und die Befreiung des KZs wuchs mit jedem Tag. Jetzt hieß es durchhalten.

Obwohl Fritz noch nicht einmal befreit war, noch nicht einmal wusste, ob er das KZ überleben würde, ertappte er sich dabei, über eine gemeinsame Zukunft mit Jan nachzudenken. Er würde Jan nach Berlin mitnehmen, sie würden sich eine gemeinsame Wohnung suchen, und Fritz würde ihm helfen, Arbeit zu finden.

Glaubst du, man könnte sich jetzt schon belügen?
Wieso denn lügen? Ob man jetzt schon lügen müsste.

Rainald Goetz: *Jeff Koons*

Der Seitensprung

„Das verstehst du also unter Treue!", schrie Will Fritz an.

Wills Kopf war hochrot. Die Adern an den Schläfen traten stark hervor und seine Hände zitterten vor Erregung.

„Heute mit dem einen, morgen mit einem anderen und übermorgen vielleicht wieder mit einem neuen!"

„Hör mir doch erst mal zu!", versuchte Fritz einzulenken.

„Hier gibt es nichts zuzuhören."

„Aber Will ..."

„Wenn du glaubst, dass ich das mit mir machen lasse, dann hast du dich getäuscht ... gewaltig getäuscht!"

Will, der am Wohnzimmerfenster stand, ging auf Fritz zu, holte aus und verpasste ihm eine kräftige Ohrfeige.

Fritz war perplex. Mit einer Ohrfeige hatte er nicht gerechnet. Er hielt seine Hand an die Wange und strich über die Stelle, die ihm jetzt weh tat.

Eine längere Pause trat ein.

Als Fritz sich wieder gefasst hatte, sagte er leise: „Es war eine Ausnahme, Will. Ich schwöre dir: Das wird nie wieder vorkommen. Es war das letzte Mal." Sein Ton bekam etwas Flehendes: „Bitte gib mir noch einmal eine Chance."

Beide schwiegen. Im Hintergrund lief leise das Radio. Brandt und Stoph trafen sich mal wieder, um die deutsch-deutschen Beziehungen zu verbessern.

Als Will vor wenigen Minuten bei Fritz geklingelt hatte, dauerte es lange, bis Fritz öffnete. Will mutmaßte sofort, dass etwas nicht stimmte.

Als Fritz endlich aufmachte, war er überrascht gewesen, hatte unsicher gewirkt.

„Ich wusste nicht, dass du kommst", hatte er gestammelt.

„Freust du dich denn nicht?"

„Doch, sicher."

Fritz hatte Will ins Wohnzimmer geführt und die Tür geschlossen. Plötzlich waren im Flur Schritte zu hören. Will öffnete die Wohnzimmertür, und gerade stürzte ein junger Mann, sein Hemd noch zuknöpfend, aus dem Schlafzimmer zum Wohnungsausgang. Will wollte ihm erst hinterherlaufen, ließ dann aber davon ab.

Will ärgerte sich, weil Fritz ihm den Besuch des Fremden verheimlichen wollte. Wenn er den jungen Mann im Flur nicht gehört hätte, hätte er nie von ihm erfahren.

Fritz trat langsam von hinten an Will heran, der wieder am Fenster stand, und strich ihm sanft über den Rücken. Dann legte er ihm die Hand auf die Schulter.

„Lass mich", sagte Will und schob Fritz' Hand weg

„Bitte setz dich. Ich will mit dir reden", bat Fritz.

Fritz setzte sich in den Cocktailsessel, Will, nach kurzem Zögern, sich auf die Couch gegenüber.

„Wer war das? Ein Stricher? Dein neuer Freund? Du schuldest mir eine Erklärung!"

Fritz schwieg und verschränkte die Arme fest vor der Brust. „Das ist unwichtig. Es war bloß ein Mann für gewisse Stunden." Er machte eine Pause. „Wenn du wüsstest, Will ... Ich habe dir schon so viel aus meinem Leben erzählt. Ich hätte gehofft, du verstehst mich inzwischen."

Will starrte nachdenklich zu Boden.

„Du weißt, Will, eine richtige Beziehung habe ich nie gehabt. Bevor die Nazis kamen, war ich noch zu unreif. Und als ich dann endlich so weit war, ging es nicht mehr. Die gemeinsamen Jahre, die ich mit Jan in Flossenbürg verbracht habe, sie fanden nicht unter normalen Umständen statt."

Fritz blickte Will, der weiterhin zu Boden starrte, lange an.

„Und als die Nazis dann endlich weg waren, änderte sich nichts. Die neuen Herren haben die Gesetze der Nazis einfach übernommen. Das weißt du doch! Nichts war erlaubt. Erst im letzten Jahr hat sich was geändert. Es ist also kein Wunder, wenn wir nachts heimlich in den Tiergarten und in Männersaunen gegangen sind. Bitte gib mir noch einmal eine Chance. Ich verspreche dir: Es wird nie wieder passieren. Es war das letzte Mal."

„Fritz, das ist alles keine Entschuldigung. Wir in der DDR hatten es auch nicht leicht und die Umstände waren ähnlich."

„Eine Entschuldigung soll es nicht sein, aber eine Erklärung."

Will stand auf, machte das Radio aus, trat wieder ans Fenster und verschränkte die Arme vor der Brust.

„Ich weiß nicht, Fritz. Das vorhin war mir zu viel. Ich bin so enttäuscht! Ich brauche jetzt erst einmal Abstand und Zeit für mich."

Er machte eine kurze Pause. Dann sah er Fritz an und sagte: „Ich geh wohl besser."

„Bitte bleib."

„Ich geh jetzt."

„Du meldest dich doch?" Fritz' Ton war verzweifelt. „Bitte melde dich!"

Will ging zur Wohnungstür und zog sie hinter sich zu. Fritz lief zum Wohnzimmerfenster, wartete, bis Will auf die Straße trat, und sah ihm lange nach, als er in Richtung U-Bahn ging. Am liebsten hätte er das Fenster aufgerissen und ihm nachgeschrien.

„Bitte melde dich, Will, bitte!", flüsterete er verzweifelt.

Doch Will bog schon in die Motzstraße und verschwand aus seinem Blick.

„Er gibt nächste Woche sein erstes Konzert", sagte sie, und es war unübersehbar: Dies war ein Ereignis, das alles andere, eingeschlossen jene Gespräche, die man bei Tee oder Kaffee stundenlang und mit Heftigkeit zu führen gewohnt war, überstrahlte.

Hartmut Lange: *Das Konzert*

Der Polin Reiz

An einem Sonntagnachmittag im August wurde auf dem Appellplatz zu einem außerplanmäßigen Antreten aufgerufen; anschließend mussten sich die Häftlinge auf den Boden setzen. Der Anlass war das erste Konzert, das im Konzentrationslager Flossenbürg gegeben wurde. Die Lagerführung hatte ein Häftlingsorchester gründen lassen, wie es in anderen KZs bereits üblich war. Das Orchester musste jedoch von den Häftlingen selbst finanziert werden. Schmidt-Lüding ließ das dafür notwendige Geld von den Häftlingskonten nehmen und Musikinstrumente kaufen.

Bis 1943 war den Häftlingen im KZ der Besitz von Geld untersagt gewesen. Das Bargeld, das sie bei ihrer Ankunft mitführten, wurde ihnen weggenommen und in der Lagerkasse aufbewahrt, der Betrag auf Karteien in der Häftlingsschreibstube festgehalten. Das Geld, das ihnen Angehörige schickten, kam ebenfalls in die Lagerkasse. Es gab Häftlinge, die dennoch immer ein paar Reichsmark bei sich trugen oder unter ihrer Pritsche versteckten. Vor allem Kapos wie Fritz, die nicht kontrolliert wurden, taten das. Ab 1943 erlaubte die Lagerführung den Häftlingen, im KZ ein Konto mit bis zu dreißig Reichsmark einzurichten.

Das Konzert auf dem Appellplatz setzte sich aus Militärmärschen und berühmten Operettenmelodien zusammen. Strauß und Lanner, Lehár und Millöcker standen auf dem Programm.

Die Häftlinge hatten den Badenweiler Marsch, den Lieblingsmarsch des Führers, und den Hohenfriedburger Marsch, den angeblich der Alte Fritz komponiert hatte, bereits hinter sich.

Ein paar Tage zuvor war ein Lkw mit einer Vielzahl nagelneuer Instrumente auf dem Appellplatz vorgefahren; mit Geigen und Kontrabässen, Trompeten und Tuben, Klarinetten und Fagotten und anderen, Fritz nicht bekannten Instrumenten. Nachdem die Häftlinge die Instrumente abgeladen hatten, traten die SS-Männer heran und suchten sich eine Geige für die Tochter, eine Harfe für die Ehefrau, eine Trompete für den Sohn oder sonst ein Instrument für irgendeinen Familienangehörigen aus.

„Sehr aufmerksam", meinte Greipl, „dass die Häftlinge uns so großzügige Geschenke machen!"

Lydia Schmidt-Lüding versuchte sich als Harfenistin, Reinthalers Tochter Renate musste, da dies zu einer guten Allgemeinbildung gehöre, Geige lernen, und Manchingers Sohn Alwin, allseits als Tagedieb bekannt, sollte durch das Trompetenspiel zu Zucht und Ordnung gebracht werden.

Die übrig gebliebenen Instrumente verteilten die Aufseher an die für das Orchester vorgesehenen Häftlinge, die von da an eine Sonderbaracke bewohnen mussten, in der sie den ganzen Tag lang übten.

Nach der Pause des Konzerts trat Andreas Marcus, den die Nazis ins KZ gesteckt hatten, da er den Zeugen Jehovas angehörte, auf die Bühne. Seit es das Lager gab, war er in Flossenbürg. Er war Berufssänger und bis 1938 als Tenor an verschiedenen Häusern im Reich engagiert gewesen.

Es war totenstill. Andreas Marcus begann, *Ich knüpfte manche zarte Bande* aus Millöckers *Bettelstudent* vorzutragen. Außer seiner hohen, reinen Stimme war nichts zu hören. Alle lauschten ihm. Fritz und Jan vergaßen bei dem Gesang sogar für kurze Zeit, dass sie im KZ waren.

Das Lied besang die Schönheit der Frauen: der deutschen, der österreichischen, der ungarischen und auch der polnischen:

„Doch all die Schönheit schnell verbleicht,
wenn man dagegen hält die Polin –
der Polin Reiz bleibt unerreicht."

Kaum hatte Andreas Marcus den Refrain zu Ende gesungen, sprang Greipl auf.

„Aufhören, aufhören!", schrie er. „Das ist Verrat am deutschen Volk! Die Polin ist, wie alle Slaven, ein Untermensch. Sie kann andere Frauen nicht an Reizen übertreffen. Schon gar nicht die deutsche Frau!"

Die SS-Männer schmunzelten.

„Du singst das Lied noch mal", befahl Greipl, „aber diesmal mit einem anderen Text. Du ersetzt das Wort Polin durch Deutsche!"

Die SS-Männer lachten.

Andreas Marcus stimmte das Lied ein zweites Mal an und sang „der Deutschen Reiz bleibt unerreicht".

Greipl zeigte sich zufrieden.

Fritz dachte an Jan und fragte sich, was er als Pole jetzt wohl dachte. Da er in seiner Funktion als Kapo nicht neben Jan sitzen durfte, konnte er ihn nicht fragen, dies würde er aber sogleich am Abend in der Stube nachholen.

Kurze Röcke;
der Blick sucht die Knie,
der Blick sucht die Waden,
der Blick sucht, sucht …
… findet
schiefe, ungeschlachte Absätze.

Aleksander Kulisiewicz: *1000 Frauen!*

Das Bordell

Der Reichsführer der SS, Heinrich Himmler, allgemein „Reichsheini" genannt, ordnete im Sommer 1943 an, in Flossenbürg ein Lagerbordell einzurichten. Es sollte, wie Himmler befand, die Freier anspornen, noch ausdauernder, bereitwilliger und fleißiger für die deutsche Rüstung zu arbeiten.

Man richtete das Bordell neben dem Arrestbau ein, nannte es „Sonderbau" und unterstellte es dem Krankenrevier. Es wurde in mehrere gleich große Räume unterteilt und diente den Frauen, die dort die Männer empfingen, auch als Wohn- und Schlafraum.

Gegen Ende des Sommers war es so weit. Auf einem Lkw trafen zehn Frauen aus Ravensbrück ein. Sieben Jüdinnen und drei Zigeunerinnen. Seit Jahren hatten die Häftlinge mit Ausnahme der Gattinnen der SS-Männer keine Frau mehr gesehen. Als sie auf dem Appellplatz ausstiegen, legten die Häftlinge sofort ihr Werkzeug aus der Hand und stierten die Ankommenden unentwegt an.

Die braven, dunklen Kostüme, deren Röcke über die Knie reichten, die schwarzen Hüte und Stöckelschuhe, die sie bei ihrer Ankunft tragen mussten, wurden sogleich gegen aufreizende Kleidung eingetauscht. Die Lagerleitung zwang sie, kurze Röcke und schulterfreie, tief ausgeschnittene Blusen in grellen Farben zu tragen; dazu dunkle Seidenstrümpfe, die, Fritz vermutete aufgrund der schlechten Versorgungslage jetzt gegen Ende des Krieges, jedoch voller Löcher und Laufmaschen waren. Die Augen hatten sich die Frauen übertrieben bunt anzumalen, die Wangen knallrot zu schminken und die Haare rot oder pechschwarz zu färben.

Wenn sie sich außerhalb des Sonderbaus aufhielten, mussten sie sich lasziv geben und rauchen. Wenn sie durch das Lager stakten, mussten sie den Häftlingen einladend zuzwinkern, ihnen ihre nackten Schultern zeigen und Kusshände zuwerfen. In dem grauen KZ, in dem sich seit Jahren nur Männer in dunkler Kleidung bewegten, wirkten die Frauen wie Paradiesvögel.

Am ersten Abend, als die Frauen ihren Dienst aufnahmen, standen hunderte Häftlinge vor dem Sonderbau Schlange. Der Geschlechtsakt kostete zwei Reichsmark; beim Bezahlen bekamen die Häftlinge sogar eine Quittung, die „Sprungschein" hieß. Das Geld ging natürlich an die SS. Der Geschlechtsakt, bei dem Sprechen verboten war, durfte nicht länger als zwanzig Minuten dauern und war in der Missionarsstellung zu vollziehen. Abend für Abend mussten die Frauen den Männern drei Stunden lang zur Verfügung stehen.

Die Häftlinge mit dem grünen und dem roten Winkel waren von dem Bordell begeistert und mussten, anders als die mit dem rosa und dem lila Winkel, die Homosexuellen und Zeugen Jehovas, zu einem Bordellbesuch nicht gezwungen werden. Aber auch von den Homosexuellen und Zeugen Jehovas verlangten die SS-Männer einen Bordellbesuch pro Woche.

„Wir werden euch eure ekelerregende Neigung schon noch austreiben!", sagte Greipl zu den Häftlingen mit dem rosa Winkel, „und euch lehren, die Freuden des anderen Geschlechts zu genießen!"

Bin ich froh, dass ich keinen rosa Winkel trage und dass ich Kapo bin, dachte Fritz, dass ich Jan schützen kann, damit er nicht in das Bordell muss. Doleschal hatte sich nach dem Dunkelarrest dafür eingesetzt, dass Fritz Kapo eines Rüstungskommandos wurde.

Über die Zeugen Jehovas sagte Greipl: „Denen werden wir ihre Keuschheit auch noch austreiben!“

Was in den Räumen des Bordells geschah, konnte durch Gucklöcher in den Türen verfolgt werden. Greipl, hieß es, stand jeden Abend besonders lange da und machte seinem Spitznamen „Wichser vom Dienst“ alle Ehre. Die Frauen bekamen keine Verhütungsmittel. Am Ende des Abends mussten sie ihr Geschlecht mit einer Seifenlauge spülen.

„Das ist doch alles Lüge“, schimpfte Jan, „das laszive Gebaren, die aufreizende Kleidung, die Schminke. Schau den Frauen doch in die Augen, Fritz. Sie sehen alle traurig aus. Sie sind übernächtigt und wirken verbraucht. Als sie hier ankamen, sahen sie in ihrer dunklen, dezenten Kleidung noch authentisch und würdevoll aus. Und jetzt? Jetzt wirken sie nur noch künstlich und billig.“

Fritz gab Jan recht.

Angeblich hatten die Aufseherinnen in Ravensbrück den zehn Frauen versprochen, dass sie nach sechs Monaten frei kämen, wenn sie in Flossenbürg ihren Dienst am Kunden bereitwillig und gewissenhaft leisteten. Dies hatten die Frauen Jan erzählt, als sie in der Wäscherei neue Bettwäsche abholten.

„Ich ertrage das nicht mehr“, klagte Jan an einem Abend Fritz gegenüber. „Sieh dir nur diese jämmerlichen Gestalten an! Und mit denen müssen die armen Frauen schlafen. Die meisten Männer sind seit Jahren in Haft und völlig ausgehungert. Sieh doch nur, wie ungepflegt und schmutzig sie sind. Sie stinken wie die Pest, haben faule Zähne, Ausschlag, Husten und sogar Typhus.“

Und wieder gab Fritz Jan recht.

Nach sechs Monaten, als jede der zehn Frauen mehrere hundert Geschlechtsakte hinter sich hatte, mussten sie tatsächlich nicht mehr mit den Häftlingen schlafen. Sie kamen aber nicht frei, wie die Aufseherinnen in Ravensbrück beteuert hatten, sondern wurden nach Auschwitz deportiert, wie Jan erfuhr, als er ein Gespräch zwischen Doleschal und Manchinger belauschte.

Gleich in der Woche darauf trafen zehn neue Frauen aus Ravensbrück ein.

Allein! Wieder allein!
Einsam wie immer.
Vorüber rauscht die Jugendzeit
in langer, langer Einsamkeit.

Franz Lehár: *Der Zarewitsch*

Verlassen

Seit einer Woche hatte Fritz von Will nichts mehr gehört. Die ersten Tage fand er das in Ordnung, doch dann machte er sich Sorgen und überlegte, wann er ihn am besten anrufen könnte. Tagsüber war es ungünstig, denn er hätte Will im KaDeWe wahrscheinlich sowieso nicht erreicht, da er gerade irgendein Schaufenster dekorierte. Und wenn er ihn erreicht hätte, hätten sie nicht ungestört reden können.

Als Fritz es am siebten Tag dann nicht mehr aushielt, setzte er sich ans Telefon und wählte Wills Nummer. Er spürte sein Herz klopfen, als es klingelte. Drei Mal. Fünf Mal. Zehn Mal. Doch Will hob nicht ab, und Fritz legte enttäuscht auf. Nach einer Stunde versuchte er es wieder. Drei Mal. Fünf Mal. Zehn Mal. Wieder hob Will nicht ab.

War er verreist? Vergnügte er sich im ZHM? Hatte er gerade was mit einem anderen?

Die darauffolgenden Abende versuchte Fritz es erneut. Drei Mal. Fünf Mal. Zehn Mal. Drei Mal. Fünf Mal. Zehn Mal. Doch Will hob nicht ab.

Will hatte ihn verlassen. Er würde nicht mehr zurückkommen. Zugegeben, Fritz hatte sich falsch verhalten. Das sah er ja ein. Aber war dies gleich ein Grund, Schluss zu machen? Er wusste, dass ihre Beziehung nach so kurzer Zeit noch nicht auf einem festen Fundament stehen konnte.

Es gab Momente, in denen Fritz unendlich traurig wurde. Dann fühlte er sich einsam. Sein Leben war wieder so wie in der Zeit, bevor sie sich kennengelernt hatten. So wie die ganzen Jahre nach dem Krieg.

Fritz trank wieder. Er trank jeden Abend. Und er trank alles, was ihm in die Hände fiel. Bier, Wein, Schnaps. Egal, wie das Zeug schmeckte. Hauptsache, es machte betrunken. Schon nach kurzer Zeit waren die Bestände aufgebraucht, also besorgte er Nachschub. Spätestens abends um zehn war er betrunken, denn nur so konnte er sein Leben ertragen. Oft schlief er auf der Wohnzimmercouch ein und wurde mitten in der Nacht oder gar erst am nächsten Morgen wieder wach. Dann hatte er Kopfschmerzen und trank erst einmal mehrere Gläser Wasser. Ständig hatte er dunkle Ränder unter den Augen. Zur Arbeit kam er zu spät, da er sich keinen Wecker stellte. Im Kühlschrank verfaulten die Lebensmittel.

Fritz kaute wieder an seinen Nägeln. Alle zehn kaute er an einem einzigen Abend ab. Ganz tief, bis ihm die Fingerkuppen weh taten.

Dann gab es Tage, an denen Fritz fürchterlich wütend war. Wütend auf sich. Wütend auf sein Schicksal. Wütend auf Will.

„Der kann mich mal!“, schimpfte er. „Wenn unsere Beziehung schon wegen eines Seitensprungs in die Brüche geht, dann war Will es nicht wert, mein Freund zu sein!“

Im Büro war Fritz schlecht gelaunt. Er schnauzte Fräulein Brackmann an, dass ihm ihr ständiges Schreibmaschinengeratter auf die Nerven gehe. Gregor Danner forderte er unwirsch auf, im Büro gefälligst das Rauchen sein zu lassen. Nur Rose Cohen und seinen Chef Theo Feltow traute er sich nicht zu kritisieren, denn vor ihnen hatte er großen Respekt.

Und obwohl Fritz schlecht gelaunt im Büro eintraf, war er froh, dass er seine Arbeit hatte. Sie hielt ihn vom Grübeln ab und gab als Einziges seinem Leben derzeit einen Sinn. Die Gesellschaft seiner Kollegen tat ihm gut, auch wenn er ihnen das derzeit nicht zeigte. Sie nahmen ihm das Gefühl, einsam und verlassen zu sein.

Am Wochenende ging Fritz weder ins *Paarschritt* noch ins ZHM. Er hatte weder Lust zu tanzen noch Freude an Ausflügen mit den Graubären.

Abends fuhr Fritz immer mal wieder in einen x-beliebigen Stadtteil und ging dort stundenlang ziellos umher. Er lief am Charlottenburger Schlosspark entlang, trottete über die Geschäftsstraßen in Steglitz und irrte durch den Tiergarten. Auf einer Brücke über dem Landwehrkanal blieb er lange stehen und blickte ins Wasser.

Dann fuhr er zum Hermannplatz, ging auf den Kottbusser Damm und blieb vor Wills Haus stehen. Der Herbstwind pfiff durch die Straßen und fegte das Laub von den Bäumen. Fritz fror und stellte seinen Mantelkragen auf. Er blickte in den vierten Stock hoch, doch in Wills Wohnung brannte kein Licht. Ob er ihm einen Brief schreiben sollte? Will hatte gesagt, dass er sich bei ihm melden werde.

Lange Zeit sah Fritz zu der Wohnung hoch. Dann glaubte er zu wissen: Ja, es ist vorbei. Zwischen Will und mir ist es vorbei. Ein für alle Mal.

Heute Morgen hatte Marguerite einen so schweren Erstickungsanfall, dass sie lange nicht wieder zu sich kam. Der Arzt ließ sie zur Ader, das brachte Erleichterung, und sie konnte sogar etwas sprechen.

Alexandre Dumas d.J.: *Die Kameliendame*

Lungenentzündung

Seit Tagen hatte Jan starken Husten, er bekam schlecht Luft, und sein Atmen rasselte. Nachts konnte er nicht schlafen, er klagte über Schmerzen in Armen und Beinen, und er hatte Fieber.

„Hör auf mit deiner Husterei!", schimpften die Häftlinge seines Blocks, „oder wir verpfeifen dich beim Blockältesten. Dann kommst du ins Krankenrevier!"

„Kein Wunder, dass du krank wirst", sagte Fritz zu Jan. „In den arschkalten Baracken und bei dem stundenlangen Stillstehen auf dem Appellplatz!"

Temperaturen um zwanzig Grad unter Null waren im Flossenbürger Winter keine Seltenheit. Dazu kam, dass Jans Körper durch die vielen Jahre im KZ ausgemergelt war.

„Fritz, ich kann nicht mehr. Ich fühle mich hundeelend", klagte Jan. „Ich glaube, ich muss ins Krankenrevier."

„Bist du verrückt?", fuhr Fritz ihn an. „Die schicken die Kranken in den Osten!"

„Ist mir scheißegal. Ich kann nicht mehr. Und weißt du, was: Ich mag auch nicht mehr. Wir kommen doch sowieso nicht mehr raus. Seit fünf Jahren bin ich jetzt hier."

„Reiß dich zusammen! Du wirst morgen früh wie immer zum Appell antreten."

Fritz wunderte sich, dass er so hart sein konnte, war zugleich aber auch stolz darauf, da er wusste, dass er mit dieser Härte Jan überzeugen konnte. Dann fuhr er fort: „Der Krieg dauert nicht mehr lange! Du weißt, was die ausländischen Sender melden. Bald ist Deutschland und dieser Scheißhitler besiegt. Und dann sind wir endlich frei."

Fritz überlegte, wie er Jan helfen könnte, und beschloss, mit dem Ältesten des Polenblocks zu sprechen. Marek ließ sich von Fritz mit Zigaretten schmieren, und Fritz erreichte, dass Jan die ganze Nacht bei ihm in der Kapostube bleiben durfte.

Dann sprach Fritz mit dem Kapo des Krankenreviers, den er früher immer wieder mal die eine oder andere Essensration hatte zukommen lassen. Jetzt hatte Fritz was bei ihm gut. Ferdinand besorgte Fritz ein Thermometer.

Jan hatte über vierzig Fieber und spürte ein starkes Stechen in der Brust. Die ganze Nacht wälzte er sich von der einen Seite auf die andere. Erst hatte er Schweißausbrüche, dann Schüttelfrost, dann wieder Schweißausbrüche und dann wieder Schüttelfrost.

Unter den Häftlingen kannte Fritz einen französischen Arzt, den er bei Tagesanbruch sofort holte. Maurice kam in Fritz' Stube und untersuchte Jan.

„Er hat Lungenentzündung", sagte Maurice draußen vor der Tür. „Es gibt seit Kurzem ein Medikament, das hilft. Das haben sie auch hier im Lager. Es heißt Penicillin. Dein Freund braucht es dringend, doch wenn er es nicht bekommt, sehe ich schwarz."

Ferdinand besorgte Penicillin. Es war selbstverständlich rationiert, und schon das Fehlen einer kleinen Menge konnte auffallen, doch er nahm das Risiko in Kauf. Maurice kam jeden Abend, um das Antibiotikum zu spritzen. Alle paar Stunden machte Fritz Jan kalte Wadenwickel und wärmte ihm die Füße.

„Du musst viel trinken." Er flößte ihm Tee und Wasser ein und löste Tabletten darin auf, die den Schleim lösen sollten.

Jan trat jeden Morgen auf dem Appellplatz an und ging an seinen Arbeitsplatz. Häftlinge aus seinem Kommando übernahmen Teile seiner Dienste. Zum Glück musste er nicht im Freien arbeiten.

Das Fieber wollte jedoch nicht sinken, das Stechen in der Lunge nicht aufhören und die Gliederschmerzen nicht nachlassen. Jans Zustand besserte sich nicht.

Fritz setzte sich wortlos an den Bettrand und streichelte ihm über das nass geschwitzte Haar. Innerlich flehte er: Werd wieder gesund!

„Fritz, ich kann nicht mehr ... Ich mag nicht mehr ... Ich kann nicht mehr ... Ich mag nicht mehr", stöhnte Jan in seinem Fieberwahn immer wieder.

„Reiß dich zusammen!", schrie Fritz ihn an. „Willst du jetzt aufgeben? Nachdem du so lange durchgehalten hast? Du weißt, wie es steht. Die Deutschen werden überall zurückgedrängt. Die Front in Afrika mussten sie inzwischen aufgeben, Italien steht, seit Mussolini abgesetzt worden ist, auf der Seite der Alliierten, und der Atlantikwall ist durchbrochen. Die Amis sind am Rhein und die Russen an Oder, Neiße und Elbe. Deutschland ist besiegt. Der Krieg so gut wie vorbei. Er wird nur noch ein paar Wochen dauern. Also reiß dich zusammen! Bitte! Tu's mir zuliebe!"

Als Maurice nach zwei Wochen immer noch Penicillin spritzte, sagte er beim Hinausgehen leise zu Fritz: „Sein Zustand wird nicht besser. Um ehrlich zu sein, Fritz: Ich glaube, wir müssen mit dem Schlimmsten rechnen."

Der Luftschutzwart leuchtete mit seiner Taschenlampe die Stahltür ab. Der Lichtstrahl wanderte über die Leute, die eingehüllt in ihren Decken dasaßen, als seien sie eingeschneit. Und noch immer rieselten Kalk und Staub von der Decke.

Uwe Timm: *Die Entdeckung der Currywurst*

Briefe

Lieber Fritz, die Situation wird immer schwieriger, schrieb die Mutter im Januar 1945. *Mittlerweile bekommen wir nur noch eine kleine Tagesration, und die ist zum Leben zu wenig und zum Sterben zu viel. Milch und Butter gibt es nur noch auf dem Schwarzmarkt. Die Preise dort können wir aber nicht bezahlen. Wir ernähren uns von faulen Kartoffeln und Suppe aus Runkelrüben, die man in besseren Zeiten dem Vieh zum Fraß gab. In ganz Berlin bekommen wir kein Brot mehr, das nicht mit Sägespänen gestreckt ist. Zum Glück arbeitet Tante Mieze noch immer im Offizierskasino, und wenn auch für sie die Situation schwieriger geworden ist, so bekommen wir doch ab und an den einen oder anderen kleinen Leckerbissen von ihr.*

Seit vielen Monaten werden schwere Bombenangriffe auf unsere Hauptstadt geflogen, und viele Berliner sind im Bombenhagel ums Leben gekommen. Bei Fliegeralarm müssen wir in die Luftschutzbunker. Es kam schon vor, dass Menschen dort erstickt sind. Wenn die Sirenen heulen und wir mit unserem Köfferchen in den Keller laufen, habe ich jedes Mal eine Heidenangst und weiß nicht, ob ich ihn je wieder lebend verlassen werde. Es geschieht auch immer wieder, dass Menschen mehrere Tage unter den Trümmern verschüttet bleiben.

Arme Mutter, dachte Fritz. Arme Berliner! Die Konzentrationslager wurden von den Alliierten zum Glück nicht angegriffen, und so blieb den Häftlingen zumindest dies erspart.

Fritz wunderte sich, dass seine Mutter so offen über die Verhältnisse im Kriegsberlin schrieb, war doch die Gefahr, dass ihre Briefe gelesen wurden, groß.

Die Gedächtniskirche haben sie zerstört. Es steht nur noch eine Ruine. Aber die Berliner mit ihrem Humor nennen sie jetzt einfach „hohler Zahn". Der Reichstag wurde schwer beschädigt, und vom Lehrter Bahnhof bleibt nur ein Stahl- und Eisengerippe.

Von Frau Küstenfeld, die wohl immer noch bei ihrer Schwester in Magdeburg ist, habe ich schon lange nichts mehr gehört, und so weiß ich gar nicht, wie es ihr geht. Aber, wenn sie uns schreibt, fragt sie nach Dir und lässt Dich ganz herzlich grüßen. Sie weiß, dass Du in Flossenbürg bist und auch warum. Sie ist eine der wenigen, mit der ich darüber spreche. Auch von Tante Mieze und Deinem Vater soll ich Dich grüßen.

In Berlin geht es drunter und drüber. Viele Menschen leben in Notunterkünften oder in den Ruinen ihrer Wohnungen. Und das im Winter! Oft schlafen sie zu zehnt in einem Raum, und nicht selten sind zwei, drei Familien in einer einzigen Wohnung untergebracht. An den größeren Plätzen und Kreuzungen stehen Verpflegungskolonnen und versorgen die Ausgebombten, die auf der Straße essen müssen. Viele bauen dort dann ihre Tische auf und decken sie sogar mit Tischdecken und Servietten. Als ob sie ein Festessen veranstalten wollten! Aber wahrscheinlich ist ihnen in Zeiten wie diesen danach, nachdem sie ihr ganzes Hab und Gut verloren haben.

Göring hat Aufräumtrupps einberufen. Sie bestehen aus Mitgliedern der Hitler-Jugend. Die Jungen müssen die herumliegenden Trümmer einsammeln und die Möbel und den Hausrat aus den zerstörten Häusern tragen. Keine einfache Aufgabe. Den ganzen Tag sind die Jungen auf den Beinen, vom frühen Morgen bis spät in die Nacht, und ich weiß nicht, wie sie das schaffen. Die meisten sind erst vierzehn, fünfzehn Jahre alt.

Ich bin froh, dass unsere Wohnung verschont geblieben ist. Auch mussten wir keine Nachbarn mehr aufnehmen. Die wenigen Tage mit den Meineckes waren schon schwer genug.

Die Wasserleitungen sind beschädigt. Da wir in der Nähe keinen Brunnen haben, müssen Dein Vater und ich zur Sammelstelle am Nollendorf-

platz, wo Wassertanks stehen. Meist gehen wir zwei Mal am Tag und wechseln uns dabei ab. Ich geh am Morgen und Dein Vater am Nachmittag.

In der Stadt sieht man viele schwarz gekleidete Frauen mit einem oder mehreren Kindern am Arm.

In Berlin herrscht ein ständiges Kommen und Gehen. Einerseits werden die Kinder, Mütter und Rentner aufs Land geschickt, doch die Väter müssen bleiben, da sie für die Produktion gebraucht werden. Goebbels hat die Bevölkerung aufgefordert, sich in die Gebiete des Reichs zu begeben, die nicht so sehr von den Bombenangriffen heimgesucht werden. Ein Großteil der Lehrer und Schüler hat die Stadt längst verlassen, und etliche Schulen wurden geschlossen. Andererseits kommen immer wieder Ausgebombte aus dem Umland mit Schubkarren und Kinderwagen in die Stadt und suchen eine Bleibe. Dabei ist Berlin doch sowieso schon so voll. Und außerdem haben wir selbst nicht genug zu essen. Dass die Leute das nicht begreifen!

Hast Du schon vom „Volkssturm" gehört?, fuhr die Mutter fort. *Auf Erlass des Führers werden seit Kurzem alle Männer zwischen sechzehn und sechzig zum Dienst an der Waffe einberufen und an die Front geschickt. Wir sind froh, dass Dein Vater die sechzig hinter sich hat und nicht mehr kämpfen muss. Er war ja im letzten Krieg dabei und hat die Hölle von Verdun durchgemacht. Ich habe es leider nicht so gut wie er, denn ich bin noch nicht sechzig und muss jetzt für die Rüstung arbeiten. Die Arbeit ist nicht schwer, aber es ist immer das Gleiche, und ich bin viele Stunden am Tag außer Haus.*

Fritz unterbrach die Lektüre und blickte auf. Seine Mutter musste also wie er für die Rüstung arbeiten.

Auf dem Gelände des Konzentrationslagers befanden sich seit einiger Zeit Produktionsanlagen von Messerschmitt, in denen Teile für Jagdflugzeuge der Luftwaffe gebaut wurden. Seit seinem Dunkelarrest war Fritz nicht mehr Kapo des Küchenkommandos, sondern eines Rüstungskommandos. Zu seinen Aufgaben gehörte die Ausgabe des Fertigungsmaterials für die Flugzeugteile. Seit er nun wusste, dass auch seine Mutter für die Rüstung arbeitete, dachte er bei jedem Materialteil, das er in die Hand nahm, an sie und hoffte, dass viele dieser Teile, die durch seine Hand gingen, von ihr berührt würden.

Am Ende des Briefes schrieb die Mutter, dass sie trotz der schwierigen Zeiten auch heitere Augenblicke erlebe. Erst vor ein paar Tagen sei sie mit Mieze in einem Lichtspielhaus gewesen. Sie hätten *Die Feuerzangenbowle* gesehen und über die Streiche, die der Rühmann als Schüler verkleidet seinen Lehrern spielte, sehr gelacht. Im Schlusssatz grüßte sie Fritz ganz herzlich und wünschte sich, bald wieder von ihm zu hören. Sie hoffe, dass er wohlauf sei.

„Treten Sie näher heran", sagte der Stabsarzt.
Seine Stimme war meckernd und etwas schwach.
Ich gehorchte ihm willig, und dicht vor ihm
stehend tat ich mit einer gewissen törichten,
doch nicht ungefälligen Bestimmtheit den Ausspruch:
„Ich bin vollkommen diensttauglich."
„Das entzieht sich Ihrer Beurteilung!", versetzte ärgerlich
jener, indem er den Kopf vorstreckte und lebhaft schüttelte.

Thomas Mann: *Bekenntnisse des Hochstaplers Felix Krull*

Unverhofft

Es war Sonnabendabend. Als es klingelte und Fritz die Tür öffnete, stand Will vor ihm. Um den Hals trug er einen bunten Wollschal, in der Hand hielt er eine Flasche Sekt.

Fritz freute sich natürlich, Will endlich wiederzusehen, doch sein Gesichtsausdruck blieb neutral. Was will der denn jetzt hier?, fragte er sich. Erst meldet er sich zwei Wochen lang nicht, und dann taucht er ohne Vorankündigung auf.

„'tschuldige, dass ich mich so lange nicht gemeldet habe", sagte Will. Und dann, mit leiser und zarter Stimme, ganz langsam: „Ich hab dich lieb."

Er fiel Fritz um den Hals und drückte ihn fest an sich.

Fritz rang nach Fassung.

„Komm rein", sagte er leise. Fast blieb ihm die Stimme weg. „Wir wollen den Abend nicht im Treppenhaus verbringen. Ich freu mich so sehr, dich wiederzusehen."

Sie setzten sich auf die Wohnzimmercouch.

„Ich habe Zeit zum Nachdenken gebraucht, Fritz. Ich habe Urlaub genommen und bin zu Ursula nach Hamburg. Mit ihr kann ich über alles reden. Und ihre Meinung ist mir wichtig. In

Hamburg habe ich gemerkt, dass du mir fehlst. Dass ich dich brauche."

Wills Stimme wurde leiser und bekam etwas Feierliches. „Du bist ein sehr wertvoller Mensch für mich, Fritz. Wir beide gehören zusammen. Und ich will, dass wir zusammenbleiben, egal, was passiert ist."

Will nahm Fritz' Hand und sah ihm in die Augen.

Fritz spürte seine Augen feucht werden.

„Mir geht es genauso, Will. Ich habe in den letzten zwei Wochen viel nachgedacht über uns und eingesehen, dass ich einiges falsch, ja kaputt gemacht habe. Das tut mir leid! Und glaube mir, Will, so etwas mit einem Mann für gewisse Stunden wird nie wieder passieren."

Fritz hatte eine Flasche Sekt im Kühlschrank. Diese holte er jetzt, ließ den Korken knallen und schenkte wie fast immer zu schnell ein, dass der Schaum über den Rand trat und an der Außenseite des Glases auf den Tisch floss. Dann stellte er die Flasche in den Kühlschrank zurück, ohne zu vergessen, sie mit einem Stöpsel zu verschließen. Sie stießen an. Es dauerte an diesem Abend nicht lange, bis die Flasche leer war.

Dann gingen sie ins Schlafzimmer und schliefen miteinander. Die ganze Nacht über hielt Fritz Will fest im Arm.

„Ich lass dich nicht mehr los", flüsterte er Will ins Ohr.

„Ich will auch nicht, dass du mich loslässt", antwortete Will.

Sie dachten über ihre gemeinsame Zukunft nach und schmiedeten Pläne. Sie beschlossen, im Sommer in die Toskana zu fahren, denn sie wollten Michelangelos David, dessen Reproduktion als Kunstdruck in Fritz' Schlafzimmer hing, unbedingt im Original sehen.

„Ich will wissen, ob der tatsächlich so einen kleinen hat", sagte Fritz.

Will schmunzelte.

Zwei Tage später musste Fritz auf Anweisung des Amtes für Wiedergutmachung einen Allgemeinarzt und einen Psychiater besuchen.

Die Stimme von Dr. Breits Sprechstundenhilfe war unfreundlich, ihr Blick böse. Wenn das Telefon klingelte und sie abhob, so war ihre erste Frage: „Sind Sie Privatpatient?"

Oft wurde ihre Stimme dann freundlicher. „Kommen Sie doch gleich vorbei", sagte sie. „Ich werde persönlich dafür Sorge tragen, dass Sie nicht lange warten müssen." Ja, sie sagte tatsächlich „Ich werde persönlich dafür Sorge tragen."

Obwohl das Wartezimmer leer war, musste Fritz lange warten, und so vertrieb er sich die Zeit mit einer Zeitschrift. In der *Bunten* sah er Bilder von Grethe Weisers schrecklichem Unfall bei Bad Tölz, wo ihr Citroën mit einem Lkw zusammengestoßen war. Ihr Mann, ihre Gesangslehrerin und ihre Haushälterin waren noch an der Unfallstelle gestorben, sie selbst erlag wenig später im Krankenhaus ihren Verletzungen.

Fritz war unruhig, konnte sich nicht richtig auf die Geschichten in der Zeitschrift konzentrieren. Immer wieder kam in ihm die Frage auf, ob der Besuch helfen würde, wie der Arzt reagieren, wie er sich entscheiden würde.

Ein paar Seiten weiter in der *Bunten* erfuhr Fritz alles über die bescheidene Kleidung, die Rut Brandt auf ihrer Reise durch die Ostblockländer getragen hatte, um dort nicht negativ aufzufallen, und ganz hinten, am Ende des Hefts, sah er Hilda Heinemann, wie sie behinderte Menschen an deren Arbeitsplatz besuchte. Erst vor Kurzem hatte sie sogar eine Stiftung gegründet, um Behinderte ins Arbeitsleben einzugliedern.

Nachdem Fritz endlich ins Sprechzimmer gerufen wurde, musste er nochmals eine halbe Stunde warten, bis Dr. Breit mit mürrischer Miene erschien und ihm nicht einmal die Hand reichte. Der ist genauso unfreundlich wie seine Sprechstundenhilfe, dachte Fritz. Die haben heute wohl einen schlechten Tag. Vielleicht, weil Montag ist.

Fritz versuchte dennoch, freundlich zu bleiben, und lächelte den Arzt an.

Dr. Breit belehrte Fritz ausführlich darüber, wie schwer es in seinem Falle sei, eine Entschädigung zu bekommen.

„Sie sind homosexuell und somit potenziell kriminell", meinte Dr. Breit.

Hat der nicht mitbekommen, dass der Paragraf 175 entschärft wurde, fragte sich Fritz? Wieso bin ich als Schwuler potentiell kriminell? Fritz lächelte weiterhin freundlich.

Dann begann Dr. Breit mit der Untersuchung. Er nahm Blut ab, horchte die Lungen ab und inspizierte ausgiebig Fritz' Genitalien.

Fritz blieb immer noch freundlich.

Nach zwanzig Minuten verabschiedete sich Dr. Breit, ohne Genaueres zu erklären, und wies darauf hin, dass sich das Amt für Wiedergutmachung bei Fritz melden würde. Er gab zu verstehen, dass dies länger dauern könne.

Am Nachmittag besuchte Fritz die Praxis von Dr. Dr. Goretsky. Fritz musste sich das Lachen verkneifen, als er den Psychiater sah. Der hat das gleiche Schimpansengesicht wie Professor Grzimek aus dem Fernsehen, dachte er.

Dr. Dr. Goretsky war wortkarg. Er ließ Fritz reden, reden und reden. Der sagt ja gar nichts, wunderte sich Fritz. Der reagiert nicht mal. Fritz wurde unsicher. Dennoch redete und redete er weiter und erzählte, wie schlecht er schlief, was für Albträume er hatte und unter welchen Ängsten er litt.

„Wenn ich Musik von Lehár höre, glaube ich, auf dem Appellplatz zu stehen. Wenn ich rauchende Schornsteine sehe, denke ich an das Krematorium im KZ, und wenn ich Hunde bellen höre, verspüre ich den Zwang zu fliehen."

Der Psychiater wirkte apathisch und erinnerte Fritz deshalb an folgenden Witz von Jan: Wenn ich dem jetzt erzählen würde, dass ich heute Morgen meine Mutter und meinen Vater erschlagen habe, dachte Fritz, dann würde er wahrscheinlich völlig teilnahmslos sagen: „Aha – interessant."

Nach den Arztbesuchen hatte Fritz ein schlechtes Gefühl. Ob sich die Ärzte für ihn einsetzen und seinen Antrag auf Wiedergutmachung unterstützen würden? Fritz glaubte nicht daran.

Alle vier Tage wäscht sie seinen schwarzen Körper, angefangen bei den kaputten Füßen. Sie macht einen Waschlappen nass, presst ihn über seinen Knöcheln zusammen und lässt das Wasser auf ihn tropfen.

Michael Ondaatje: *Der englische Patient*

Genesung

Endlich. Endlich besserte sich Jans Zustand. Das Fieber sank, der Husten wurde lockerer, und der Schleim löste sich.

„Hals und Lungen tun nicht mehr weh, wenn ich huste", sagte Jan an einem Sonntagmorgen in Fritz' Kapostube. „Und ich fühle mich nicht mehr so schwach."

Maurice kam jetzt nur noch jeden zweiten Tag und spritzte kein Penicillin mehr.

Schon hatte Jan seinen Humor zurück, und Fritz war froh darüber, auch wenn Jan ihm damit oft auf die Nerven ging. Jan erzählte wieder seine Hitler-Witze. Und kurze Zeit später rezitierte er wie früher aus Theaterstücken, wenn anfangs auch noch im Bett liegend. Sein liebstes Stück war noch immer *Frühlings Erwachen*, und jeden Tag trug er Passagen daraus vor.

„Soll ich dich mal schlagen, Fritz?"

„Nein."

„Ich will dich aber schlagen!"

„Ich weiß, was aus Wendla wurde. Du hast es mir mehrmals erzählt. Nach den Schlägen kam es zu einem Techtelmechtel, Melchior schwängerte sie, und nach einer verpfuschten Abtreibung, zu der ihre Mutter sie zwang, starb sie."

„Na, das kann dir zum Glück ja nicht passieren."

Jan war also übern Berg.

Fritz ertappte sich dabei, wie er über ihre gemeinsame Zukunft nachdachte.

„Wenn wir in Berlin sind, Jan, besorge ich dir Arbeit bei meiner Versicherung. Dann sind wir Arbeitskollegen und können den ganzen Tag zusammen verbringen."

„Lass uns jetzt nicht über die Zukunft reden, Fritz. Wir sind noch im KZ, und es ist Krieg."

„Oder du arbeitest als Schauspieler. In Berlin gibt es viele berühmte Bühnen. Du sprichst gut Deutsch. Man hört bald nicht mehr, dass du Ausländer bist."

„Fritz, wir sind im KZ, und es ist Krieg."

„Wir suchen uns eine Wohnung. Mit großen, hohen Räumen. Mit Stuckdecken und Fischgrätparkett. In Schöneberg oder in Kreuzberg. Dort gab's viele Kneipen, und dort leben Leute wie du und ich. Und ich will dich unbedingt meiner Mutter vorstellen. Und Tante Mieze!"

Jan sagte nichts mehr.

„Im Urlaub fahren wir nach Warschau. Du musst mich unbedingt deiner Familie vorstellen. Und ich will deine Brüder kennenlernen. Sehen die auch so gut aus wie du? Und ihre Frauen. Auch ihre Frauen will ich kennenlernen. Du hast bestimmt eine interessante Familie. Lauter Schauspieler. Ich werde mich gut mit ihnen verstehen. Sie werden uns einladen, und wir werden sie einladen. Im Sommer kommen sie dann zu uns. Wir fahren mit ihnen in die Mark Brandenburg und an die Ostsee. Nach Heiligendamm, Binz und Bansin. Das sind die schicksten Seebäder."

Fritz nahm Jans Hand, und obwohl dieser sie sofort zurückziehen wollte, hielt Fritz sie fest.

„Und im Winter", fuhr Fritz fort, „fahren wir in die Hohe Tatra zu den schneebedeckten Gipfeln. Dort mieten wir eine Berghütte bei Zakopane, wo wir romantische Tage und wilde Nächte verbringen. Nur wir beide. Du und ich. Tagsüber fahren wir Ski, und nachts, nachts lieben wir uns. Die ganze Nacht. Jede Nacht."

Fritz' Blick war in die Ferne gerückt; er schien seine Umwelt nicht mehr wahrzunehmen. Jan zog seine Hand langsam zurück. Fritz stand auf und ging wie im Traum zum Fenster. Wusste er noch, wo er war? Er sah wie ein Wahnsinniger aus. Ein Lächeln umspielte seine Lippen, und sein Gesichtsausdruck wirkte wirr.

„Und jeden Tag essen wir Gans, Jan. Polnische Mastgans. Mir läuft das Wasser im Mund zusammen, wenn ich nur daran denke. Ich weiß gar nicht mehr, wie Fleisch schmeckt, geschweige denn Gänsefleisch."

„Fritz, es ist Krieg!", schrie Jan ihn an. Er sprang vom Bett auf, lief zu ihm ans Fenster und rüttelte ihn fest an den Schultern: „Fritz, wir sind im KZ!"

Fritz reagierte nicht. Er blickte immer noch wie weggetreten in die Ferne.

Am Haken hängt ein Fetzen Mensch;
die Augen treten trotzig aus den Höhlen
und leuchten noch – wie zwei Knöpfe.

Aleksander Kulisiewicz: *Exekution*

Heiligabend

Zum ersten Mal seit dem Tod seiner Mutter, der zwanzig Jahre zurücklag, kaufte Fritz einen Weihnachtsbaum. Am Vormittag des Heiligen Abends stellte er mit Will die drei Meter hohe Tanne im Wohnzimmer auf und schmückte sie mit den roten Kugeln, die seit Jahren auf dem Speicher lagen. Oben brachte er die kleinen an und unten die großen. Dann steckte er die goldenen Kerzen an die Zweige. Vierzig Stück. An die noch freien Zweige hängte er Strohsterne, an die Spitze des Baumes kam ein ganz großer. Will musste ihn an den Beinen festhalten, als er auf die oberste Sprosse der Leiter stieg und sich nach oben streckte.

Am Nachmittag holte Fritz Tante Mieze aus dem Altersheim im Wedding zu sich. Mittlerweile litt sie an Inkontinenz, und bald schon roch es in der Wohnung nach Urin. Am Abend kam Will mit seiner Mutter. Die beiden alten Damen verstanden sich auf Anhieb und hatten sich viel zu erzählen. Es schien, als würden sie sich seit Jahren kennen, obwohl sie sich noch nie gesehen hatten. Wills Mutter war elegant gekleidet, der dunkelblaue Stoff ihres Kleides mit weißen Christrosen durchwirkt. Tante Mieze trug wie immer ein einfaches schwarzes Kleid.

Zu essen gab es Bratwürste mit Senf und Sauerkraut. Kaum hatten sie alles verzehrt, verschwand Tante Mieze in der Küche, formte aus altem Weißbrot, Eiern, Milch und Rosinen einen Teig, ohne dabei mit Rum zu sparen, und machte Arme Ritter.

Nach dem Essen kam dann die Bescherung. Fritz und Will hatten für Mutter und Tante eine Geschenkpackung von 4711 mit einer Flasche Kölnisch Wasser und einer Seife gekauft.

„Fritz, du hättest mir keine größere Freude machen können", meinte Tante Mieze gerührt.

Und Wills Mutter ließ wissen, dass ihre alte Flasche seit Kurzem aufgebraucht war. „Oh, wie freue ich mich! In der DDR ist der Duft so schwer zu kriegen."

Dann übergab Tante Mieze ihre Geschenke, die sich weich anfühlten und schlecht eingepackt waren. Fritz erkannte das mit großen Sonnenblumen bedruckte Geschenkpapier sofort wieder, denn er hatte es im August für ihr Geburtstagsgeschenk verwendet. Jeder bekam zwei Paar selbst gestrickte Socken, und Fritz dachte mit Grauen daran, wie sehr sie kratzten. Er würde sie nur tragen, wenn Tante Mieze zu Besuch kam.

Das Geschenk von Wills Mutter war in eine große Schachtel gepackt. Darin befand sich eine mehrstöckige Weihnachtspyramide aus dem Erzgebirge mit vielen weißen Engeln, die in ihren weit geöffneten Mündern für sie viel zu große Kerzen trugen.

„Die passt gut in Ihre Wohnung, Fritz. Sie ist was Besonderes. In der BRD bekommen Sie so was ja nicht."

Fritz lächelte, insgeheim wünschte er sich jedoch, die Pyramide möge bei der nächstbesten Gelegenheit abfackeln.

Nach den Armen Rittern gab es die selbst gebackenen Plätzchen von Wills Mutter, und Will machte in der Küche den Glühwein heiß.

„Fritz, leg doch Weihnachtslieder auf", schlug Tante Mieze vor.

Fritz tat so, als ob er sie nicht gehört hätte. Schon wiederholte sie ihren Wunsch.

„O ja, Weihnachtslieder!", pflichtete ihr jetzt auch Wills Mutter bei.

„Ach nee. Lasst uns uns lieber unterhalten. Ist persönlicher."

„Leg doch mal die Weihnachtslieder auf", beharrte Tante Mieze.

„Ja, die Weihnachtslieder", so Wills Mutter.

Fritz begab sich zum Plattenständer und begann lange und umständlich zu suchen.

„Ich kann aber die Platte nicht finden."

„Stell dich nicht so an, Fritz!", fuhr Tante Mieze ihn an.

„Wahrscheinlich hab ich sie weggeworfen."

„Such weiter."

Fritz fiel kein Grund mehr ein, wie er die Platte verhindern konnte. Langsam zog er *Der Berliner Kinderchor singt zur Weihnacht* aus dem Ständer und legte die Platte auf.

Bald darauf erklang *Ihr Kinderlein kommet*. Fritz setzte sich wieder in den Cocktailsessel neben Will, und schweigend lauschten sie dem Lied. Dann folgte *O Tannenbaum*. Sie unterhielten sich jetzt wieder, nur Fritz beteiligte sich nicht an dem Gespräch, denn er war auf einmal in Gedanken ganz weit weg.

Fritz wusste nicht mehr, in welchem Kriegsjahr es war. In der Nacht vom 23. auf den 24. Dezember hatten zehn russische Häftlinge versucht, aus dem Lager zu fliehen. Zwei von ihnen starben gleich am Hochspannungszaun. Der eine blieb in den Drähten hängen, seine steifen Gliedmaßen wie die eines starren Kraken von sich gestreckt. Der andere lag halb versengt im Schnee. Zwei weitere Häftlinge wurden von einem Wachtturm aus erschossen; ihre Blutspuren sah man noch Tage später im Schnee. Schon am Vormittag gelang es der SS, die anderen flüchtigen Häftlinge einzufangen. Sie waren nur ein paar Kilometer weit gekommen.

Seit dem ersten Advent stand auf dem Appellplatz eine zehn Meter hohe Fichte, die mit vielen kleinen elektrischen Lichtern geschmückt war. Sie ließ tatsächlich, wenn auch nur kurz, ein wenig weihnachtliche Stimmung aufkommen. Fritz dachte zur Weihnachtszeit immer noch häufiger an seine Mutter und Tante als sonst, und an diesen Tagen hatte er besonders großes

Heimweh. Seine höchste Freude war Mitte Dezember ein kleines Päckchen mit Süßigkeiten und selbst gestrickten Handschuhen von seiner Mutter gewesen.

Kaum hatten die Aufseher die flüchtigen Häftlinge wieder ins Lager zurückgebracht, ließ die SS, direkt neben dem großen Weihnachtsbaum, zehn Galgen errichten. Fünf links und fünf rechts.

Am Nachmittag des Heiligen Abend mussten alle Häftlinge auf dem Appellplatz antreten. Der SS genügte es nicht, die sechs lebenden Häftlinge aufzuhängen. Auch die vier toten Russen kamen an den Galgen.

Fritz sah die Gesichter der Gehenkten noch vor sich, wie wenn die Hinrichtung gestern gewesen wäre. Und er wusste, dass er ihre Gesichter nie vergessen würde. Qualvoll waren sie an den Stricken, die sich immer fester um ihre Hälser zuzogen, erstickt. Anfangs schrien sie verzweifelt. Dann stöhnten und röchelten sie nur noch. Ihre Köpfe liefen erst rot und dann blau an. Ihre Lippen wurden lila. Die Zungen hingen ihnen aus dem Maul und wurden immer länger. Die meisten Gehenkten hatten dabei die Augen weit aufgerissen. Ein Ausdruck des Entsetzens stand ihnen im Gesicht, und einigen lief der Speichel wie ein dicker, langer Faden aus dem Mund. Schließlich baumelten ihre dünnen, gefesselten Leiber nur noch leblos im Wind.

Auf Anordnung der Lagerleitung mussten danach jeden Morgen und Abend aus den Blocks zwei Häftlinge auf dem Appellplatz antreten und *O Tannenbaum* singen. Dies ging so lange, bis Anfang Januar die Galgen abgebaut wurden.

Fritz hatte Tränen in den Augen. Will, seine Mutter und Tante Mieze hatten zum Glück nicht bemerkt, wie abwesend er war, und das war ihm recht. Durch die brennenden Kerzen am Weihnachtsbaum war es heiß im Raum geworden, und es stank nach Urin. Fritz sprang auf und riss ein Fenster auf. Dann setzte er sich wieder und beteiligte sich am Gespräch.

Als die Platte zu Ende war, meinte er: „Es ist schon spät. Wir sollten allmählich aufbrechen, oder was meint ihr?“

Er war überrascht, dass seine Tante und Wills Mutter sofort einwilligten. Sie schienen müde zu sein, es war ja auch schon spät. Alle standen auf. Will begleitete seine Mutter zum Bahnhof Friedrichstraße, und Fritz brachte Tante Mieze ins Altersheim zurück.

In den nächsten Minuten, als wir zu sechst die Straße hinunterliefen und uns immer weiter entfernten von den Obdach suchenden, frierenden, hungernden Häftlingen mit ihrer erzwungenen Geduld, überschritten wir eine Grenze: aus der Lagerwelt nach Deutschland.

Ruth Klüger: *Weiter leben*

Aufbruch

Tag und Nacht war in den Schreibstuben Licht; die Öfen brannten rund um die Uhr, denn die SS-Männer waren dabei, alle Lagerdokumente zu vernichten.

„Dass mir ja kein Blatt übrig bleibt!", drohte Schmidt-Lüding. „Und die Schlagstöcke und Ochsenziemer nicht vergessen."

An Hitlers Geburtstag wurde um 5 Uhr morgens Alarm gegeben. Über die Lautsprecher des Lagers ließ Kögel den Befehl erteilen, auf dem Appellplatz anzutreten.

„Ihr kommt ins KZ Dachau!", schrie er ins Mikrofon. „Wer auf dem Weg dorthin nicht richtig mitmarschiert, wird erschossen."

Da der Marsch über Cham, Straubing, Landshut und Freising von der Bevölkerung möglichst unbemerkt bleiben sollte, wurden nur kleine Nebenstraßen benutzt.

Die Häftlinge hatten eine halbe Stunde Zeit, ihre wenigen Habseligkeiten zu packen, und dann ging es los. Einige mussten noch ein paar Tage zurückbleiben, um wichtiges Lagermaterial zusammenzupacken.

Während des Marsches zählte Fritz jeden Schritt mit. Wenn er bei tausend angelangt war, fing er wieder von vorne an und dann wieder. Das Zählen erinnerte ihn an seinen Dunkelarrest.

Sie waren schon mehr als einen halben Tag unterwegs, als Greipl auf einmal „Halt! Stehen bleiben!" befahl.

Es dauerte ein wenig, bis alle Häftlinge endlich standen. Fritz hörte dumpfe Schläge, dann ein leises Stöhnen und schließlich ein fast unmerkliches Röcheln hinter sich. Die Geräusche verrieten, dass ein vor Erschöpfung zusammengebrochener Häftling gerade erschlagen wurde.

Es war den Häftlingen strengstens verboten, sich umzudrehen. Sie mussten so lange stehen bleiben, bis der Tote an den Straßenrand gebracht und dort notdürftig verscharrt worden war. Erst dann bekamen sie den Befehl, den Marsch fortzusetzen.

Fritz konnte nichts mehr erschüttern. So viel Schreckliches hatte er in den letzten Jahren erlebt. Nichts überraschte ihn noch. Hier starb nur ein weiterer von den unzählig vielen Häftlingen, die tagtäglich anfielen.

Dennoch machte sich Fritz Sorgen. Sorgen um Jan, der einige hundert Meter weiter hinten mit seinem Kommando marschierte. Würde er die Kraft haben, den Marsch durchzustehen? Sein Körper war nach wie vor geschwächt, die Lungenentzündung, die ihm so sehr zugesetzt hatte, lag erst ein paar Wochen zurück.

Schon kurze Zeit später rief Greipl wieder: „Halt! Stehen bleiben!“ Diesmal war es ein Häftling vor Fritz. Greipl setzte die Kante seines Gewehrkolbens so gezielt auf die Schläfe des Häftlings, dass er nur wenige Schläge brauchte. Wieder mussten Mithäftlinge den Toten an den Straßenrand bringen und dort vergraben.

Schade, dass auch dieser Häftling das gewiss bald nahe Kriegsende nicht mehr miterleben durfte, dachte Fritz. Kögel hat gelogen, fiel Fritz dann ein. Die Häftlinge, die vor Erschöpfung nicht mehr weitermarschieren können, werden nicht erschossen, sondern erschlagen. Gegen Kriegsende war Munition zu rar geworden, als dass man sie für einen KZ-Häftling verwendet hätte.

Am Abend des vierten Tages lagerten die SS-Männer mit den Häftlingen auf einer Waldlichtung in der Nähe von Cham. Die Ordnung, die während des Marsches gegolten hatte, wurde aufgehoben, und die Häftlinge waren nicht mehr gezwungen, bei ihrem Kommando zu bleiben. Sie konnten sich frei verteilen, und so suchte Jan nach Fritz und ließ sich todmüde neben ihm an einem Baumstumpf nieder. Da sie so lange Märsche in ihren steifen Stiefeln, die sie jetzt während des Marsches trugen, nicht mehr gewöhnt waren – im Lager hatten sie ja meist Holzschuhe an –, bekamen sie Blasen an den Füßen.

Die SS-Männer aßen die wenigen Lebensmittel auf, die sie noch bei sich hatten, und ließen die Häftlinge hungern.

Obwohl es in dieser Nacht kalt war, schliefen Fritz und Jan die ganze Zeit über tief und fest. Als sie am Morgen erwachten, fehlte von Greipl, Manchinger und Doleschal jede Spur. Selbst Schmidt-Lüding und Reinthaler waren nirgends zu sehen. Die Zelte der SS-Männer waren leer. Was war mit ihnen? Hatten sie sich heimlich aus dem Staub gemacht? Ihre Uniformen, ihre Gewehre und was sie sonst noch bei sich trugen, hatten sie mitgenommen.

„Wir sind frei!“, schrie auf einmal ein Häftling, der sich wohl besonders sicher zu sein schien, und löste mit seinem Ruf eine wahrliche Kettenreaktion aus.

„Wir sind frei!“, schrie plötzlich auch ein zweiter Häftling aus einer ganz anderen Ecke, und wie ein unendliches Echo hallten nun unzählige, minutenlang andauernde „Wir sind frei!“-Rufe.

Von allen Seiten waren Jubelrufe zu hören. Ein paar Ungarn hakten sich ein und führten einen Freudentanz auf. Jan warf seine Kappe mindestens fünf Meter in die Luft und fing sie wieder auf. Dann fiel er Fritz um den Hals. Er hob ihn an den Hüften hoch und drückte ihm einen festen Kuss auf die Wange.

„Manchinger hat sich als Frau verkleidet. Er hofft wohl, in dem Aufzug als Flüchtlingsweib aus dem Osten durchzugehen“, berichtete ein Ungar, der glaubte, den Leiter des Wäschereikommandos im Morgengrauen fliehen gesehen zu haben, und lachte.

„Und der feige Greipl hat sich bestimmt im Wald versteckt", wusste Maurice, der französische Arzt.

„Uns hat Doleschal gestern Abend noch gebeten, eine Erklärung zu unterschreiben, dass er immer anständig zu uns war. Unterschrieben hat natürlich keiner", sagte einer aus Fritz' ehemaligem Küchenkommando.

Nachdem alle Häftlinge begriffen hatten, dass sie frei waren, zerstreuten sie sich rasch. Auch Fritz und Jan machten sich auf den Weg.

„Wir müssen nach Westen, zu den Amis. Nicht nach Osten. Dort sind die Russen", meinte Fritz.

Den ganzen Tag liefen die beiden durch die Oberpfälzer Hügellandschaft. Einerseits wussten sie, dass sie frei waren, andererseits kam immer wieder Angst in ihnen auf, von SS-Männern aufgespürt zu werden. Wenn sie sahen, dass sich jemand näherte, versteckten sie sich.

Bei Einbruch der Dunkelheit erreichten sie einen Bauernhof. Fritz schlich vorsichtig in das Gehöft, und als er glaubte, nichts Verdächtiges wahrzunehmen, klopfte er an die Tür. Es dauerte lange, bis ihm schließlich der Bauer mit einer Petroleumlampe vorsichtig öffnete. Sofort erkannte er Fritz als KZ-Häftling. Er hatte, wie er erzählte, von den Todesmärschen nach Dachau gehört.

„Darf ich mit meinem Freund in Ihrer Scheune übernachten?", fragte Fritz höflich. Der Bauer erlaubte es mit einem stummen Kopfnicken, und Fritz und Jan zogen sich in den hinteren Teil des Gebäudes zurück, wo sie sich ein Lager im Stroh bereiteten, über das sie Pferdedecken legten. Sie nahmen den angenehmen Geruch des Holzes und des Strohs in sich auf. Die Atmosphäre in der halbdunklen Scheune erinnerte Fritz an Liebesfilme, die er im Kino gesehen hatte. Kurz darauf brachte der Bauer Brot mit Rauchfleisch und Bier.

Fritz und Jan bedankten sich mehrmals überschwänglich. So etwas Köstliches hatten sie seit Jahren nicht mehr zu Gesicht, geschweige denn zu essen bekommen.

Der Bauer, dem die beiden Häftlinge leid zu tun schienen, fragte, ob sie noch was bräuchten, und als Fritz und Will verneinten und meinten, er hätte ihnen schon mehr als genug geholfen, schien er gerührt zu sein, denn er wurde an den Backen rot, und verschwand schnell wieder.

Fritz merkte, wie die Anspannung, die ihn seit seinem ersten Tag im KZ begleitete, allmählich nachließ, und er spürte, wie seine Verspannungen an den Schultern und am Rücken, in den Armen und an den Händen nach und nach weniger wurden.

Seit mehr als vierundzwanzig Stunden hatten Fritz und Jan nichts mehr gegessen. Hastig und schnell verschlangen sie das Fleisch. Das Bier zeigte nach den vielen Jahren der Enthaltsamkeit rasch seine Wirkung.

Als sie gegessen hatten, streckten sie sich auf den Decken aus. Fritz schmiegte sich an Jan, und so blieben sie lange liegen. Dann knöpfte er ihm langsam die Jacke auf und küsste ihn lange und fest auf den Mund. Schließlich ließ er seine Lippen an Jans Hals entlanggleiten, hinunter zu den Brustwarzen, an denen er ausgiebig leckte. Fritz steckte ihm seine Finger in den Mund. Zuerst nur einen, dann zwei, drei gleichzeitig, und Jan lutschte gierig daran. Fritz ließ seine Lippen weiter körperabwärts gleiten und umschloss damit Jans steifes Glied. Ohne sich selbst zu vergessen, reizte er es immer fester bis zum Höhepunkt.

Erschöpft ließ sich Fritz zur Seite fallen und nahm Jan wieder in den Arm. In dieser Nacht wollten sie nicht einschlafen, also tranken sie das restliche Bier, das nicht seine einschläfernde Wirkung zeigen wollte. Erst Stunden später – es musste weit nach Mitternacht sein – überkam sie endlich der Schlaf.

Das unentwegte, regelmäßige Krähen eines Hahns weckte sie früh. Von der Bäuerin bekamen sie andere Kleidung, abgetragene Karohemden und verschlissene Hosen ihres Schwiegervaters, der im vergangenen Herbst gestorben war. Dann verließen sie den Hof. Am Abend erreichten sie den Bahnhof von Schwandorf.

Fritz und Jan ließen sich auf dem Boden des überfüllten Bahnhofsgebäudes nieder und setzten sich Rücken an Rücken, um sich gegenseitig Halt zu geben. Plötzlich konnten sie sich jetzt nicht einmal mehr ansehen.

„Aus dem Führerhauptquartier wird gemeldet", hörten sie aus einem Radio, „dass unser Führer Adolf Hitler heute Nachmittag im Befehlsstand der Reichskanzlei, bis zum letzten Atemzug gegen den Bolschewismus kämpfend, für Deutschland gefallen ist. In tiefster Trauer und Ehrfurcht senkt das deutsche Volk sein Haupt. Der Führer hat Großadmiral Dönitz zu seinem Nachfolger bestimmt."

Die Menschen in dem Bahnhofsgebäude reagierten gedämpft. Nur leises Flüstern und Murmeln hinter vorgehaltener Hand war zu hören. Fritz glaubte zu spüren, dass sich jeder über den Tod des Führers freute, doch sich keiner traute, dies öffentlich kundzutun. Zu groß war die Angst.

Fritz dachte daran, dass sich seine und Jans Wege vielleicht schon bald trennen würden, wenn ein Zug für sie kam, und wurde traurig. Obwohl er seit Jahren den Tag der Befreiung herbeigesehnt hatte – jetzt ging auf einmal alles so schnell!

Und tatsächlich kam es so. Ein Zug nach Prag traf ein.

Der Abschied war kurz.

„Wir schreiben uns", sagte Fritz.

„Ja, wir schreiben uns", sagte Jan. „Leb wohl, Fritz!"

Sie umarmten sich. Fritz wollte Jan lange nicht loslassen, doch Jan befreite sich aus seinen Armen und stieg ein. Langsam setzte sich der Zug in Bewegung, und Fritz blickte ihm so lange hinterher, bis er nur noch ganz klein am Horizont zu sehen war und schließlich ganz verschwand.

Dort starren meine Blicke wirr und wild
auf Kleiderfetzen und auf blutige Male,
auf der Zerstörung furchtbar Schreckensbild.

Charles Baudelaire: *Die Zerstörung*

Ankunft

Es war schon Mitte Mai, als Fritz in Berlin am Anhalter Bahnhof ankam. Das Bahnhofsgebäude war völlig ausgebrannt. Es standen nur noch die Außenwände; das Stahldach fehlte ganz. Man hatte es mehr schlecht als recht enttrümmert und notdürftig wieder funktionsfähig gemacht.

Zu Fuß lief Fritz durch die Straßen und erschrak. Manche Straßenzüge konnte er beim besten Willen nicht wiedererkennen, so zerstört waren sie. Wo die Aufräumarbeiten noch nicht begonnen hatten, was oft der Fall war, da türmte sich der Schutt nicht nur auf dem Bordstein meterhoch, sondern auch auf der Fahrbahn. Fritz musste über unwegige Trümmerberge steigen, auf denen er nicht selten einbrach, und kam nur langsam und mühevoll voran. Hie und da nahm er die Hände zu Hilfe und kletterte wie ein Tier auf allen vieren auf die Steinhaufen. Er sah Häuser, deren Scheiben alle zersprungen waren. Teils hatte es, wohl durch die Wucht der Detonationen, sogar die Türen aus dem Mauerwerk gerissen.

Als Fritz nach mehreren Stunden in Schöneberg ankam und in die Eisenacher Straße einbog, atmete er erleichtert auf, denn das Haus, in dem seine Eltern wohnten, stand als eines von wenigen nahezu unversehrt.

Er freute sich und ein Lächeln umspielte seinen Mund. Er sah langsam, Etage für Etage, die Gründerzeitfassade des Hauses mit ihren dreieckigen Giebelfeldern über den Fenstern und den dreiseitigen Erkern links und rechts hoch, und lächelte dabei immer noch. Die elterliche Wohnung im zweiten Stock konnte er nicht einsehen, zu dicht waren die Gardinen vor den Fenstern. Zögernd öffnete Fritz die Haustür, die nur angelehnt war, trat in das dunkle Treppenhaus, und sofort schlug ihm der vertraute Modergeruch von früher entgegen. Nichts schien sich verändert zu haben, außer dass alles älter und schmutziger geworden war. Dick lag der Staub auf den Briefkästen, dem Geländer und den ausgetretenen Stufen. Er stieg in die zweite Etage und wollte klingeln, doch die Schelle funktionierte nicht mehr, und so klopfte er mehrmals fest an die Tür.

Die Tür, in der auf einmal seine Mutter stand, ging so schnell auf, dass Fritz sich nicht des Eindrucks erwehren konnte, sie hätte dahinter schon auf ihn gewartet, da sie wusste, dass er kam.

Wie alt sie geworden war!

Es verschlug ihr die Sprache, so überrascht schien sie. Sie hielt sich nur in einer schnellen Bewegung die Hände vor den offenen Mund. Und auch Fritz sagte nichts. Sie sahen sich lange an, als ob sie erst überlegen müssten, wer ihnen gegenüberstand. Dann breitete sie ihre Arme aus und drückte Fritz lange und fest an sich.

Sie gingen in die Küche, wo der Vater im Unterhemd saß. Fritz reichte ihm wortlos die Hand, und auch der Vater schwieg, als er den Händedruck kraftlos erwiderte. Auf dem Herd stand ein großer Topf, in dem Wäsche kochte.

Sie aßen gerade zu Mittag. Die Mutter holte Geschirr und Besteck aus dem Schrank und stellte Fritz einen Teller Graupensuppe hin.

„Setz dich und iss“, sagte sie. Sonst nichts. Dann löffelten alle drei wortlos ihre Suppe. Fritz bemerkte, dass die Mutter ihre Tränen unterdrückte. Die Eltern hatten stark abgenommen. Ihre eingefallenen Gesichter wirkten verhärmt. Der Blick des Vaters war leer. Er schien seinen Sohn gar nicht wahrzunehmen.

„Das hättest du uns ersparen können", sagte er dann auf einmal. „‚Unser Fritz kämpft an der Front für Volk und Vaterland', haben wir unseren Verwandten und Nachbarn erzählt, wenn sie nach dir gefragt haben. Du weißt hoffentlich, was du zu sagen hast, wenn sie fragen, wo du so lange warst." Er fixierte Fritz mit den Augen, dann schwieg er wieder und blickte ins Leere.

Die Mutter sagte nichts, schaute nur betrübt zu Boden. Das war schon früher so, denn wenn sie ihren Mann rügte oder zurechtwies, gab es lange Streit. Irgendwann hatte die Mutter deshalb aufgehört, ihn vor anderen zu kritisieren.

Fritz spürte kräftigen Zorn in sich aufsteigen. Sein Kopf wurde rot und heiß. Nach all den Jahren der Abwesenheit machte sein Vater gleich wieder eine Bemerkung, die Fritz nur allzu gut kannte und die auch heute noch die gleiche Reaktion in ihm hervorrief wie früher: einen vor Zorn roten und heißen Kopf. Aus Rücksicht auf seine Mutter erwiderte Fritz nichts.

Nach dem Essen ging Fritz in sein Zimmer. Er fand es so vor, wie er es sieben Jahre zuvor verlassen hatte. Nichts hatte sich verändert, nur älter und schmutziger war es geworden; ein Jugendzimmer nach wie vor, obwohl er die dreißig inzwischen deutlich hinter sich hatte. In dem Raum fühlte er sich fremd, doch genoss er es, überhaupt wieder ein eigenes Zimmer zu haben. Die Einrichtung war ihm da egal!

Auf dem Regal über dem Bett lag der Kieselstein, der wie eine Kartoffel aussah. Wie oft hatte er im KZ an diesen Stein gedacht, wie oft sich gewünscht, ihn in seiner Hand zu halten! Fritz nahm ihn vom Regal und umschloss ihn fest. Er spürte, wie der Stein warm wurde. Dann öffnete er die Hand wieder, fuhr mit der anderen über die glatte Oberfläche, befreite ihn vom Staub und sah ihn lange an.

Die Mutter kam ins Zimmer und trat von hinten an ihn heran.

„Ich habe das Zimmer die ganze Zeit über für dich freigehalten", sagte sie und strich ihm liebevoll über die Schulter. „Niemand hat all die Jahre darin übernachtet."

Fritz lächelte bitter.

„Jede Woche habe ich dein Zimmer geputzt. Nur in den letzten Kriegsmonaten nicht mehr, da hatten wir kein fließendes Wasser mehr, und zum Schluss gingen uns auch die Putzmittel aus. Bei dem Dreck von den ständigen Bombenangriffen lohnte sich das Staubwischen sowieso nicht mehr."

Sie traten ans Fenster und blickten zu den Häuserruinen auf der gegenüberliegenden Straßenseite.

„Jeden Tag habe ich auf dich gewartet, jeden Tag gehofft, dass du zurückkommst. Immer, wenn ich aus dem Fenster sah, glaubte ich, du kämst die Straße entlang. Immer, wenn es an der Wohnungstür klingelte, hoffte ich, du bist es. Wenn du wüsstest, Fritz, wie viele junge Männer ich mit dir verwechselt habe! Bei jedem jungen Kerl, dem ich begegnet bin, wünschte ich, du wärst es."

Sie blickten immer noch zu den Häuserruinen.

„Die Silbersteins sind nicht mehr da. Schon mindestens vier Jahre nicht mehr."

Die Mutter deutete mit dem Kinn auf eine der zerstörten Häuserfassaden gegenüber. „Waren von heute auf morgen weg. Einfach so. Er, der Herr Doktor, seine Frau und die drei Kinder. Sogar den alten Herrn, der schon über achtzig war, haben sie geholt. Keiner weiß, wohin man sie gebracht hat."

Fritz sagte nichts. Er konnte sich denken, wohin man sie gebracht hatte und was mit ihnen geschehen war.

Schnell gewöhnte sich Fritz wieder an das Leben zu Hause und nahm schon bald seine Arbeit in der Versicherung wieder auf. In den ersten Jahren schrieben sich er und Jan jeden Monat einen Brief. Sie schilderten die schwierige Lebenssituation, zu wenig

Essen, zu wenig Heizmaterial, aber das kannten sie ja alles aus dem KZ. Sie wollten sich besuchen, doch nie kam es dazu. Wenn Fritz endlich genug Geld für die Reise nach Warschau gespart hatte, hatte Jan keine Zeit. Wenn er ihn nach Berlin einlud, hatte Jan kein Geld. Und wollte er ihm die Reise bezahlen, so bekam Jan keine Ausreisegenehmigung, schrieb er zumindest.

Während in den westlichen Sektoren Berlins und in den alliierten Westzonen Deutschlands die Menschen vom Marshall-Plan profitierten und Fritz den Eindruck hatte, dass es, wenn auch nur langsam, aufwärts ging, glaubte Jan, das Gegenteil zu erleben. Alles, was in Polen nicht niet- und nagelfest war, rissen die Russen an sich und brachten es weg. Auch wurde er das Gefühl nicht los, dass man in Polen immer weniger das sagen durfte, was man dachte. Es war also sicherer, den Mund zu halten. Jan hatte schon einmal was gesagt, wofür er im KZ teuer bezahlen musste. Außerdem wurde die Volksrepublik Polen seit 1944, wie fast ganz Osteuropa, kommunistisch regiert. Alle sind jetzt gleich, schrieb Jan mit einem kritischen Unterton. Nicht mehr der Einzelne zählt, sondern die Gemeinschaft. Man muss sich von Tag zu Tag mehr zurücknehmen.

Nach drei, vier Jahren wurden die Briefe zwischen Fritz und Jan seltener. Ende der vierziger Jahre bekam Jan ein Engagement an einem Warschauer Theater. Kurz darauf, es gab mittlerweile zwei deutsche Staaten, heiratete er Danuta, eine Schauspielerin aus seinem Ensemble, und von da an hörte Fritz nie mehr von ihm.

Die Trennung von Jan war ein Abschied auf Raten, der allmählich und sich über Jahre erstreckend vonstatten ging, sodass es Fritz am Ende gar nicht mehr schwerfiel, als der Kontakt endlich einschlief. Vielmehr war die Tatsache, dass ihre Freundschaft ihr Ende fand, eine absehbare und logische Folge seiner stets selteneren und kürzeren, seiner immer oberflächlicheren und unpersönlicheren Briefe.

Die Ermordeten sollen nicht noch um das
Einzige betrogen werden, was unsere Ohnmacht
ihnen schenken kann – das Gedächtnis.

Theodor W. Adorno: *Eingriffe*

Rückkehr

Fritz hatte die ganze Nacht über schlecht geschlafen, sich schweißgebadet von der einen Seite auf die andere gewälzt und wirr von Kälte, Hunger und Durst, von Lagerhaft, von Heinz aus Sachsenhausen und sogar von seiner eigenen Hinrichtung geträumt.

„Ich muss nach Flossenbürg", sagte er am Frühstückstisch zu Will.

„Ich komme mit", meinte Will spontan. Als er den letzten Bissen seines Marmeladebrötchens gegessen hatte, fragte er nachdenklich: „Müssen wir da mit dem Auto fahren?"

„Natürlich. Was denkst du denn?"

„Können wir nicht fliegen?"

„Wohin willst du denn fliegen?"

„Nach München oder Nürnberg."

„Flossenbürg liegt auf dem Land, Will, an der Grenze zur Tschechoslowakei. Da ist weit und breit kein Flughafen. Nürnberg liegt hundert Kilometer entfernt und München zweihundert. Und dann müssten wir noch den Zug oder einen Mietwagen nehmen. Das ist umständlich und teuer!"

Will schien es mulmig zu werden. Er hatte seit Jahren, seit seiner Flucht, nicht mehr DDR-Boden betreten. Wenn er nach Hamburg, Köln oder ins Ausland reiste, nahm er stets das Flugzeug.

„Hoffentlich halten sie mich an der Grenze nicht fest."

„Red keinen Unsinn“, sagte Fritz. „In deinem Ausweis steht nicht, dass du früher in der DDR gelebt hast.“

„Die haben sicher meinen Namen gespeichert.“

„Und wenn schon?“

Am darauffolgenden Wochenende fuhren sie mit Fritz' Käfer zum Grenzübergang Drewitz-Dreilinden, wo sie lange warten mussten, bis sie der kühle, aber korrekte Grenzbeamte mit dem grauen Gesicht endlich passieren ließ. Will wirkte angespannt und schwieg die ganze Fahrt auf der Transitautobahn über. Fritz hielt sich streng an die Verkehrsvorschriften der DDR und fuhr auf keinen Fall schneller als hundert, denn in West-Berlin erzählte man, dass Westdeutsche bei Verstößen besonders hart bestraft wurden.

Wenn es auf der Autobahn bergab ging, wurden sie von Trabbis und Wartburgs überholt, und die stolzen Fahrer konnten sich ein selbstgefälliges Grinsen nicht verkneifen. Bergauf verhielt es sich allerdings umgekehrt. Obwohl sich Fritz an die Höchstgeschwindigkeit hielt, fielen die Trabbis und Wartburgs auf sechzig oder gar fünfzig Stundenkilometer zurück. Dann sah kein Fahrer in den DDR-Autos mehr nach links zu Fritz und Will, sondern sie blickten starr geradeaus, und taten so, als würden sie das Auto aus der BRD nicht wahrnehmen. Jetzt war Fritz es, der beim Überholen selbstgefällig durch die Scheiben grinste.

Die ganze Fahrt über war es grau. Nach vier Stunden erreichten sie den Grenzübergang Hirschberg-Rudolphstein und nach zwei weiteren waren sie in Weiden, wo sie ein altmodisch ausgestattetes, aber sauberes Hotelzimmer in der Innenstadt nahmen.

Am darauffolgenden Tag fuhren sie nach Flossenbürg. Schon von Weitem sahen sie die so idyllisch gelegene Burgruine aus Granit. Dass unterhalb von ihr jahrelang ein Konzentrationslager der Nazis war, verriet die Ruine nicht.

Sie stellten den Wagen auf dem Parkplatz ab, gingen an der Kommandantur vorbei und betraten das Lager. Als Erstes fiel

Fritz auf, dass auf dem Hang, auf dem früher die hölzernen Häftlingsbaracken gestanden hatten, mittlerweile Wohnhäuser gebaut worden waren. Fritz wusste nicht, was er darüber denken sollte. Einerseits fand er es gut, denn die Häuser zeigten, dass der Alltag an diesen Ort zurückgekehrt war und das Leben auch hier weiterging. Andererseits aber hielt er es für falsch, diesen Ort des Gedenkens durch Wohnhäuser zu verharmlosen.

Als Fritz in Flossenbürg einsaß, gab es rund um das Lager viel Jungwald. Jetzt waren aus den niedrigen Bäumen ausgewachsene Fichten und Tannen geworden.

Sie gingen auf die Wäscherei und die Küche zu, neben dem Arrestbau die einzigen gemauerten Häftlingsgebäude. Sofort kamen Fritz die Erlebnisse mit Jan in den Sinn, die Fritz Will jetzt alle erzählte. Wie sie sich vom Fenster aus zuwinkten, sich verstohlen Kusshände zuwarfen, in den kurzen Pausen miteinander redeten, sich gegenseitig Mut zusprachen und trösteten, wenn es ihnen schlecht ging und sie wieder einmal verzweifelten. Das lag lange zurück.

Dann begaben sie sich zum Arrestbau, in dem die Lagergeschichte dokumentiert wurde. Sie lasen, wie die SS noch in den letzten Kriegstagen Canaris und Bonhoeffer im Hof des Baus henkte. Angeblich ließ man sie nackt zum Galgen schreiten, um sie selbst im Angesicht des Todes zu demütigen.

Sie verließen den Arrestbau und gingen zu der Rampe, über die die Toten zum Krematorium befördert wurden. Fritz warf nur einen kurzen Blick nach unten; er kannte den Ort ja allzu gut. Er wurde schon damals, als er hier einsaß, „Tal des Todes“ genannt.

Dann gingen sie zu der kleinen, aus den Granitsteinen der niedergerissenen Wachttürme errichteten Kapelle, die den Namen „Jesus im Kerker“ trug.

„Lass mich bitte allein“, sagte Fritz.

Will nickte.

Fritz stieg die letzten Meter der kleinen Anhöhe hinauf und betrat die kalte Kapelle. Und obwohl hier der Opfer gedacht werden sollte, musste Fritz jetzt an die Täter denken. Was war aus ihnen geworden? Hitler, Goebbels, Himmler und Göring hatten sich umgebracht. Sie konnten also nicht zur Rechenschaft gezogen werden.

Und was wurde aus den SS-Männern des KZs Flossenbürg? Fritz wusste nur von Kögel. Der Lagerkommandant hielt sich nach der Kapitulation versteckt, wurde dann aber von den Amerikanern aufgespürt und in ein Gefängnis nach Schwabach gebracht, wo er sich erhängte. Was wurde aus Schmidt-Lüding, dem Lagerführer? Und aus Manchinger, Doleschal, Kostingk, Greipl und Reinthaler? Wahrscheinlich wurden sie als Belastete eingestuft, entnazifiziert und sogar freigesprochen. Fritz war das jetzt egal. Früher hätte er ihre Bestrafung gefordert, aber heute, nach fünfundzwanzig Jahren!

Er zündete eine Kerze an und blickte lange in die Flamme. Plötzlich schossen ihm Tränen in die Augen, und das Bild vor ihm verschwamm. Er presste die Augen zusammen und spürte, wie eine Träne auf seine kalte Hand tropfte. Aus dem Weinen wurde ein Schluchzen, das ihn schüttelte. Ganze Tränenströme liefen ihm über die Wangen und tropften auf den grauen Steinboden. Es schüttelte ihn noch stärker, das Schluchzen wollte gar nicht mehr aufhören. Fritz spürte, dass es ihm gut tat, ja befreiend wirkte.

Dann dachte er an sein jetziges Leben und freute sich, dass er, so banal das klang, einen Freund hatte, eine Wohnung, Arbeit, zu essen und zu trinken. Das war nicht immer so gewesen. Er zog ein Taschentuch aus seiner Hosentasche und trocknete Augen und Wangen. Dann schnäuzte er sich. Er wartete noch ein Weilchen, dann verließ er mit geröteten Augen die Kapelle, ging auf Will zu und bat: „Lass uns schnell zum Parkplatz gehen."

Dort sagte er: „Bitte fahr du. Ich kann nicht. Ich bin zu aufgekratzt. Zu viele Dinge gehen mir durch den Kopf!", und reichte ihm den Autoschlüssel. Sie stiegen ins Auto, Will ließ den Motor an, und ohne dass Fritz nochmals seinen Blick zurückwandte, fuhren sie los in Richtung Weiden.

Am nächsten Tag traten sie die Rückreise nach Berlin an. Die ganze Fahrt über sprachen sie wenig. Das Wetter war so grau wie auf der Hinfahrt. Auf der Strecke durch die DDR wirkte Will entspannter, und als sie in Berlin ankamen, dankte ihm Fritz, dass er ihn auf dieser Fahrt begleitet hatte.

„Das war sehr wichtig für mich."

Wieder in seiner Wohnung, zog Fritz eine Schublade nach der anderen aus dem Wohnzimmerschrank heraus und warf die unendlich vielen Würfelzucker, die sich dort seit Kriegsende aus den unterschiedlichsten Cafés, Kneipen und Restaurants Berlins angesammelt hatten, in den Müll.

Er fühlte sich erleichtert. Schon lange nervte ihn der blöde Zucker in den Schubladen, der so viel Platz wegnahm. Es stand doch ein ganzes Pfund im Küchenschrank!

Deshalb hat der Russe dann drüben seine eigne Mark drucken lassen und nach Berlin hin alles dicht gemacht, worauf es zur Luftbrücke gekommen ist und unser Deutschland nun auch noch vom Geld her geteilt wurde.

Günter Grass: *Mein Jahrhundert*

Rosinenbomber

Fritz saß mit seinen Eltern in der Küche. Es war die Zeit der Sonnenwende, und bis um zehn blieb es hell.

Plötzlich ging das Licht aus.

„Bestimmt 'ne Sicherung durchgebrannt", sagte der Vater und stand auf.

„Lass mich nachsehen", meinte Fritz, doch der Vater humpelte schon in Richtung Sicherungskasten.

Stur wie immer, ärgerte sich Fritz. Traut mir nichts zu. Nie lässt er mich machen.

Seit Fritz sich erinnern konnte, hatte sein Vater Übergewicht. In der entbehrungsreichen Kriegszeit und in den Jahren danach hatte er zwar abgenommen, aber dick war er immer noch. Schon länger hatte er ein Raucherbein, und vor Kurzem hatten ihm die Ärzte einen Fuß amputiert; seitdem humpelte er auf einer Prothese. Dennoch rauchte er weiterhin zwei Schachteln Zigaretten am Tag, soweit er sie derzeit bekam.

Der Vater öffnete den Sicherungskasten.

„Alles in Ordnung hier", sagte er. „'ne Sicherung is' nich' durchgebrannt." Dann griff er nach der Taschenlampe im Sicherungskasten und ging zur Wohnungstür. Auch im Treppenhaus brannte das Licht nicht.

„Dann haben wir wohl Stromausfall", stellte die Mutter fest.

Fritz ging zum Küchenfenster. Weder auf den Straßen noch in den gegenüberliegenden Häusern brannte Licht. Die ganze Stadt lag im Dunkeln.

Irgendwie sieht alles schön aus, fand Fritz. So friedlich. Nur der rötliche Schein der untergehenden Sonne über den Häusern und Dächern.

Mit der Taschenlampe durchsuchte seine Mutter die Küchenschränke nach der Petroleumlampe, die sie bei Fliegeralarm immer in den Luftschutzbunkern benutzt hatten.

„Lasst uns am besten gleich schlafen gehen“, sagte sie.

Am darauffolgenden Morgen gab es wieder Strom. Der Vater schaltete sogleich das Radio ein. Am Abend zuvor hatten die russischen Besatzer die Stromversorgung der Stadt unterbrochen und die Straßen und Bahnstrecken in Richtung Westzonen abgeriegelt. Auch den Schiffsverkehr hatten sie eingestellt.

Oberbürgermeister Ernst Reuter rief vor der Ruine des Reichstags die Völker der Welt an mit den Worten „Schaut auf diese Stadt!“, und beschwor alle Berliner zu kämpfen.

Zwei Tage später trafen Flugzeuge der Alliierten aus den Westzonen in Gatow und Tempelhof ein und lieferten Lebensmittel und Heizmaterial, Eipulver und Milchpulver, Gemüse und Getreide, Medikamente, Benzin und Kohle.

An kleinen Fallschirmen warfen sie Bonbons, Kaugummis und Schokolade über der Stadt ab, und schon bald wurden die Flugzeuge mit den Süßigkeiten Rosinenbomber genannt. Wenn sie die Stadt anflogen, jubelten ihnen Berliner Kinder auf den Trümmerhaufen zu, in der Hoffnung, dass die Flieger etwas abwarfen.

Unaufhörliches Dröhnen erfüllte die Stadt Tag und Nacht. Jede Minute landete oder startete ein Flugzeug. Anfangs ärgerte sich Fritz über den Lärm. Besonders dann, wenn die Flugzeuge über Schöneberg heranflogen, um in Tempelhof zu landen. Allmählich aber gewöhnte er sich an das Dröhnen, und schließlich mochte er es sogar. Ja, er wurde unruhig, wenn er es nicht hörte. Dann dachte er gleich, die Versorgung der Stadt wäre unterbrochen und er müsse wieder hungern und frieren.

In nur drei Monaten bauten die Berliner einen dritten Flughafen, und zwar in Tegel. Da die meisten Männer gefallen oder noch in Kriegsgefangenschaft waren, arbeiteten fast nur Frauen auf der Baustelle. Fritz, der nach der Arbeit in der Versicherung oder am Wochenende immer mal wieder die Baustelle besuchte, fand es komisch, wenn die Frauen in eleganten Seidenkleidern oder im Badeanzug an den Mörtelmaschinen standen und schwere Schubkarren über die Baustelle schoben, aber andere Kleidung hatten sie nach dem Krieg nicht mehr.

Die Berliner Luftbrücke funktionierte, aber dennoch gab es immer wieder zu wenig Lebensmittel und Heizmaterial. Fritz' Eltern benutzten deshalb nur den Ofen in der Küche. Einmal klaute Fritz die letzten Latten einer Umkleidekabine auf einem Schöneberger Sportplatz, und ein andermal stahl er aus einem Ami-Jeep Schmalz und Schokolade. Er schämte sich nicht einmal, sondern fand, dass es sein gutes Recht war nach alldem, was er in Sachsenhausen und Flossenbürg durchgemacht hatte.

Die tägliche Brotration war klein. Vor jedem Essen drückte die Mutter den Laib an ihre Brust und schnitt die Scheiben so dünn, dass man hindurchschauen konnte. Die Scheibe für sich selbst schnitt sie am dünnsten, die für Fritz am dicksten.

Jede Woche fuhren Fritz, seine Mutter und Tante Mieze an den Stadtrand. Mal nach Spandau, mal nach Marienfelde, mal nach Lichtenrade, um Vogelbeeren zu sammeln. Fritz zupfte sie vom Baum und seine Mutter und Tante Mieze packten sie in ihre Taschen und Körbe. Zu Hause kochten sie die Früchte ein, machten daraus Marmelade und verwendeten sie als Belag für Kuchen. Später nahm Fritz eine Leiter mit, um an die höher hängenden Früchte zu gelangen, da unten bereits alles abgeerntet war. Aus dem Schrebergarten der Meineckes bekamen sie Johannisbeeren, aus denen seine Mutter Saft machte.

Mehrere Stunden am Tag fiel der Strom aus, meist am Morgen und am Abend. Dann herrschten in der Stadt Finsternis und Stille. Gab es wieder Strom, machte der Vater sogleich das Radio an.

Wenn Fritz im Winter in sein Zimmer ging, sah er den Atem vor seinem Mund. An den Fenstern bildeten sich Eisblumen. Dann wurde er an die eiskalten Räume in Sachsenhausen und Flossenbürg erinnert. Seine Mutter brachte ihm vor dem Schlafengehen immer einen im Ofen aufgeheizten und in alte Handtücher gewickelten Ziegelstein, den er an das Fußende seines Bettes packte. Dann legte er seine Füße darauf und spürte, wie die Wärme langsam in seinen Körper stieg. Begleitet vom Dröhnen der Flugzeuge schlief er ein.

Es war an einem Donnerstag im Mai, kurz vor Gründung der Bundesrepublik, als die russischen Besatzer die Blockade aufhoben. Die ersten Autos und Züge rollten wieder in Richtung Westzonen, und der Tag wurde in Berlin zu einem Freudenfest. Fritz, seine Mutter und Tante Mieze fuhren zum Charlottenburger Busbahnhof, weil dort viele Berliner ein Fest feierten.

In dieser Zeit nahm Fritz mit Paul wieder Kontakt auf. Sie verband eine distanzierte, aber verbindliche Freundschaft, so wie sie sie in den Jahren gepflegt hatten, bevor Fritz ins KZ kam. Paul war nach wie vor sehr kompliziert, sodass Fritz ein engeres Verhältnis mit ihm schwierig fand. Zudem wollte er, was bei zwei Junggesellen nahelag, nicht in den Verdacht geraten, er sei homosexuell. Hin und wieder unternahmen sie Radtouren in Berlin, und ab und an trafen sie sich bei ihren Eltern, bei denen sie immer noch wohnten.

Kurz nach dem Ende der Luftbrücke starb Fritz' Vater. Sein Tod kam nicht überraschend. Die Ärzte hatten ihm kurz zuvor das Bein bis zum Knie amputiert, ein Eingriff, von dem er sich nicht wieder erholte. Den Tod des Vaters empfand Fritz als Erleichterung. Seinen Vater hatte er immer als den störenden Dritten empfunden, der sich zwischen seine Mutter und ihn drängte, der an ihm herumnörgelte und ihn nicht so akzeptierte, wie er war. Fritz genoss es jetzt, mit seiner Mutter allein zu sein, und empfand dabei nicht einmal Schuldgefühle.

Als Fritz' Mutter Anfang der fünfziger Jahre starb, einfach am Morgen tot im Bett lag, folgte für Fritz eine lange Zeit tiefer Trauer, verbunden mit großem, oft kaum erträglichem Schmerz. Es dauerte ein Jahr, bis er über ihren Tod hinwegkam. Er mied es, den Friedhof zu besuchen. Dann, nach Monaten, begab er sich jede Woche ein Mal an ihr Grab. Später ein Mal im Monat und schließlich nur noch an den großen Feiertagen zu Weihnachten, Ostern und am Buß- und Bettag, wenn er das Grab neu bepflanzte. Im Laufe der Zeit wurde der Schmerz immer kleiner, immer weniger, ganz weg aber ging er nie.

Noch im August holte ich Elke rüber, die drüben Pädagogik studiert hat. Ziemlich einfach ging das mit einem westdeutschen Pass, der, was den Datenkram und das Foto betraf, für sie problemlos war.

Günter Grass: *Mein Jahrhundert*

Die Mauer

Wie schön fand Fritz Berlin, als die Stadt noch nicht von ihrem Umland getrennt war. Wenn er vom Tamtam der Stadt genug hatte, fuhr er aufs Land. Wie wohl taten ihm die Ausflüge zu den Schlössern nach Königs Wusterhausen und Rheinsberg. Vor allem Rheinsberg gefiel ihm, hatte Friedrich der Große dort doch seine Kronprinzenzeit verbracht. Fritz wunderte sich allerdings darüber, dass diese Zeit mit seiner Frau Elisabeth Christine so glücklich gewesen sein soll. Das gehört ja wohl ins Reich der Fabeln, mutmaßte Fritz, stand der Alte Fritz doch auf Männer.

„Bevor ich mein Bein verlor, haben wir oft Ausflüge an den Stechlinsee gemacht", sagte Gregor Danner mit einer Zigarette im Mund von seinem Schreibtisch aufblickend. „Dort aßen wir köstliche Maränen, ganz frisch aus dem See."

„Und ich war oft mit Freunden im Spreewald", schwärmte Fritz. „Dort sind wir stundenlang Kahn gefahren."

„Aber warte mal ab, Fritz", sagte Danner, „das alles wird bald nicht mehr möglich sein. Man munkelt nämlich, dass die DDR die Grenze dichtmacht."

Dann kann ich ja nicht mal mehr in den Ostteil, dachte Fritz, zum Alexanderplatz und in den Prenzlauer Berg.

„Zweieinhalb Millionen haben seit '49 die DDR verlassen", sagte Danner.

Fünfzigtausend Ost-Berliner arbeiteten im Westteil der Stadt, wohnten aber im billigeren Ost-Berlin. Unter ihnen Rose Cohen. Fräulein Brackmann wurde nicht müde, ihr in jeder Kaffeepause zu raten, in den Westteil zu ziehen.

„Die machen Ihnen die Grenze vor der Nase zu. Und dann stehen Sie ohne Arbeit da. Ziehen Sie doch in den Westen!" Dabei richtete sie den Zeigefinger aufrecht nach oben.

„Im Osten ist aber alles billiger", sagte Rose Cohen mit leiser Stimme. „Die Mieten, die öffentlichen Verkehrsmittel, das Essen."

„Sie haben doch ein gutes Westgehalt!"

Rose Cohen unternahm nichts.

Ab August 1961 mussten auf Anordnung des Ost-Berliner Magistrats alle Pendler, die im Westteil der Stadt arbeiteten, ihre Mieten in Westmark bezahlen.

„Kommen Sie in den Westen", mahnte Uta Brackmann erneut mit nach oben gerichtetem Zeigefinger. „Sie können bei mir wohnen, bis Sie eine Wohnung finden."

„Der Ulbricht sagt doch immer, dass keine Mauer gebaut wird." Rose Cohen zögerte.

In der Nacht vom 12. auf den 13. August gab Ulbricht den Befehl, sämtliche Verkehrswege nach West-Berlin zu schließen. Noch in derselben Nacht wurde mit dem Bau der Mauer begonnen. Viele flohen in letzter Minute, indem sie sich an Bettlaken aus den Fenstern herabließen oder über den soeben verlegten Stacheldrahtzaun sprangen.

Am Morgen des 13. August stand Rose Cohen in ihrem schwarzen Kostüm und mit zwei alten Koffern vor Uta Brackmanns Tür.

Wie schon im Krieg hatte sie sich in der Nacht in einer Kleingartenanlage versteckt, die nahe an der Spree lag, ganz in der Nähe der Grenze zum Westen. Dort wartete sie, zusammengekauert zwischen ihren Koffern, bis Mitternacht vorüber war.

Dann machte sie sich auf den Weg und überschritt an einer schlecht beleuchteten Stelle die Grenze.

„Seien Sie erst einmal froh, dass Sie im Westen sind“, sagte Uta Brackmann überrascht, als die Kollegin vor ihrer Wohnungstür stand. „Eine Familie haben Sie sowieso nicht“, fügte sie hinzu, was herzloser klang, als es gemeint war. Dann drückte sie ihre Kollegin fest an die Brust. „Und Freunde werden Sie in West-Berlin schnell finden.“

Das Haus, in dem Beerenbaum gewohnt hatte, stand in einem Pankower Villenviertel, vom Volk „Städtchen" genannt, was liebevoller klang, als es gemeint war.

Monika Maron: *Stille Zeile Sechs*

In Ost-Berlin

Mit der S-Bahn fuhren Fritz und Will zum Bahnhof Friedrichstraße, um Wills Mutter zu besuchen. Für Will war es das dritte Mal, dass er die deutsch-deutsche Grenze passierte. Fritz hatte den Eindruck, dass Will schon so etwas wie Routine verspürte. Die grauen, strengen Gesichter an der Grenze kannte er ja schon von der Fahrt nach Flossenbürg; und sie schienen ihn nicht mehr zu ängstigen.

Als sie die Grenze hinter sich hatten, fuhren sie zum Alexanderplatz. Selbst hier im Zentrum Ost-Berlins, wo sich die Vorzeigegeschäfte der DDR befanden, wirkten die Auslagen in den Läden und Kaufhäusern altmodisch, wenn man sie mit denen im Westen verglich, fand Fritz. Die Kleidung in den Schaufenstern war grau, braun oder blau, während im Westen gerade grelle, bunte Farben mit geblümten Mustern als modern galten. Will schien eine gewisse Beklemmung zu spüren. Östlich des Alexanderplatzes befanden sich unzählige Plattenbauten.

„Das ist der architektonische Stolz der DDR", sagte Will ironisch. „Die Leute reißen sich drum, in so einem Klotz wohnen zu dürfen. Oft warten sie jahrelang, bis sie dort einziehen können. Aber wenn du mich fragst, Fritz, ich finde diese Riesenkästen einfach nur schrecklich. Groß und anonym, und nach zwei Jahren regnet's durchs Dach, dass du dich wie in einer Tropfsteinhöhle fühlst."

Die Häuserfassaden waren braun und grau. Von vielen bröckelte schon der Putz. Fritz wähnte sich in die ersten Nachkriegsjahre zurückversetzt. Im Westen dagegen fand er alles so bunt und schön.

Vom Alex aus gingen sie in Richtung Prenzlauer Berg. Je mehr sie sich vom Zentrum entfernten, desto schlechter wurden die Straßen. Die Schlaglöcher in den Fahrbahnen wurden tiefer, und die Bürgersteige waren immer seltener befestigt. Anstelle von Teer bildete blanke Erde die Grundlage, die sicherlich schnell aufweichte, wenn es regnete. Hatte sich hier seit dem Krieg überhaupt was verändert?, fragte sich Fritz.

Vor einem Gemüsehändler hatte sich innerhalb weniger Minuten eine lange Schlange gebildet. Irgendjemand auf der Straße hatte behauptet, es gäbe dort frische Ananas. Ob dies stimmte, konnten Fritz und Will zunächst nicht herausfinden. Als sich dann aber nach kurzer Zeit die Menschen mit enttäuschten Gesichtern zerstreuten und ein älterer Mann leise „Ich scheiß auf den Ulbricht!“ schimpfte, schlossen Fritz und Will, dass die Geschichte von den Ananas entweder doch ein Gerücht oder das Obst schon aus war.

Fritz und Will fiel auf, dass die Menschen im Osten wenig miteinander redeten. Sie wirkten misstrauisch und drehten sich immer wieder um, als wollten sie prüfen, ob sie nicht verfolgt würden.

In Pankow zeigte Will Fritz seine Schule, deren Fassade frisch in ein senffarbiges Gelb getaucht war, und so befand sich das Gebäude in einem besseren Zustand als zu der Zeit, als er dort zur Schule ging. In dem Viertel mit den schlecht verputzten Häusern wirkte sie wie ein Fremdkörper.

Zum Schluss fuhren sie zu Wills Mutter. Im Wohnzimmer stand noch immer die alte Singer-Nähmaschine mit dem großen, gusseisernen Rad, die Will zum letzten Mal vor zehn Jahren gesehen hatte. Wills Mutter war gelernte Schneiderin und hatte früher bei einem renommierten Herrenausstatter gearbeitet. Ihre letzten Arbeitsjahre verbrachte sie in einem VEB. Obwohl sie die

Maschine, seit sie in Rente gegangen war, so gut wie nicht mehr benutzte, wollte sie sich von dem alten Gerät nicht trennen.

Seit dem letzten Weihnachtsfest, ihrem letzten Wiedersehen, schien Wills Mutter noch kleiner und buckeliger geworden zu sein. Wollte sie nach vorne sehen, musste sie unter großer Anstrengung immer erst den Kopf heben.

Will wollte in Pankow seinen Bruder Wolfram und dessen Frau Inge treffen. Auf dem Weg von Dresden hatten sie aber eine Panne, sodass sie nicht kamen.

„Ist vielleicht besser so", sagte Will. „Wir hätten uns sowieso nur wieder gestritten. Er hätte mich einen Kapitalisten geschimpft und ich ihn einen Kommunisten. Dann lasse ich die Feinstrumpfhosen und den Bohnenkaffee einfach bei dir, Mutter."

Wolfram war Ingenieur, Inge Russisch-Lehrerin. Sie hatten eineiige Zwillinge. Yvonne arbeitete als Lektorin in Leipzig und und Yvette als Restauratorin in Dresden.

„Du bist nur neidisch auf deinen Bruder", schimpfte die Mutter, „weil er das Abitur gemacht und studiert hat, während du nach der Mittelschule Schaufensterdekorateur werden wolltest. Er war einfach der bessere Schüler, kam immer mit guten Noten nach Hause."

„Was heißt hier ‚der bessere Schüler'", meinte Will. „Ein Wendehals ist der. Wolfram hat doch stets sein Fähnchen nach dem Wind gedreht. Früher war er braun, und heute ist er rot. Nur deshalb hat er studieren dürfen. Und Inge ist genauso. Ihr Vater war erst ranghoher Nazi und später Kader in der DDR."

„Wir wollen nicht streiten", sagte Wills Mutter versöhnlich.

„Du hast recht, Mutter."

Und so verbrachten sie den restlichen Nachmittag harmonisch bei einer Tasse Bohnenkaffee und selbst gebackenem Nusskuchen. Wills Mutter fand es schön, dass ihr Sohn wieder einen so netten Mann gefunden hatte, und freute sich, dass

Will im Westen nicht alleine leben musste. Das Leben zu zweit sei viel einfacher, sagte sie, das wisse sie aus eigener Erfahrung. Leider habe sie diese Erkenntnis erst gewonnen, nachdem ihr Mann gestorben war. Dann erzählte sie von alten Bekannten und Freunden, von denen, die einen Herzinfarkt gehabt und Alterszucker bekommen hatten, von denen, die rübergemacht hatten, und denen, die noch im Osten geblieben waren. Sie betonte, dass die Mieten wie fast alles im Osten billiger waren als im Westen, dass die Menschen hier stärker zusammenhielten und sich viel mehr halfen und dass es im Allgemeinen nicht so unpersönlich und kalt zuging wie im Kapitalismus.

Fritz und Will stimmten ihr mal zu, dann widersprachen sie ihr, sagten, dass dieses vielleicht stimme, doch jenes bestimmt falsch sei. Oft wussten sie es ja selbst nicht oder hatten dazu keine Meinung.

Am Abend kehrten sie erleichtert nach West-Berlin zurück.

Sie wolle, sagte sie, dieses eine Mal ein französisches Dîner kochen, ein echtes französisches Dîner.

Tania Blixen: *Babettes Fest*

Das Gastmahl

Fritz bügelte die weiße Damastdecke, breitete sie auf dem runden Esstisch aus und strich sie glatt. Dann holte er das Vieux Luxembourg aus der Glasvitrine und deckte für vier Personen. Heute benutzte er sogar das Silberbesteck seiner Großeltern. Besonders modern sehen die Gabeln mit ihren langen Zacken und die Messer mit Schneiden so groß wie Schaufeln ja nicht aus, dachte er, aber ich habe heute Abend Lust, sie zu benutzen. Dann holte er die ebenfalls von seinen Großeltern stammenden Messerbänkchen, die er noch nie in seinem Leben benutzt hatte. Heute Abend war ihm einfach danach. Nun fehlten nur noch die Rotweingläser, und selbstverständlich benutzte er Stoffservietten aus dem gleichen Damast wie die Tischdecke. Fritz zündete die Kerzen im Raum an, nur nicht die auf dem Tisch. Das Wohnzimmer erstrahlte in einem hellen, festlichen Glanz.

Will hatte Fritz zu einem französischen Menü geraten. „Die französische Küche ist die beste der Welt", schwärmte er. „Leicht und dennoch raffiniert."

Den ganzen Vormittag hatten sie mit Einkäufen zugebracht. Vom Wochenmarkt auf dem Winterfeldtplatz holten sie frische Apfelsinen und Pilze, in einem Feinkostgeschäft am Kurfürstendamm erstanden sie zwei französische Flugenten, eine Flasche Jamaika-Rum und edle Zartbitterschokolade, und in einem kleinen Supermarkt um die Ecke besorgten sie die restlichen Zutaten wie Eier und Mehl. Den ganzen Nachmittag hatten sie in der

Küche gestanden, um die Pastetchen zu backen, die Soße, die Ente und den Nachtisch vorzubereiten.

Fritz trug eine dunkle Anzughose und dazu ein weißes Hemd, das er sich eigens für diesen Abend gekauft hatte. Er war ein wenig aufgeregt, als es kurz nach acht klingelte.

Fritz und Will küssten Huberta auf ihre kalten Wangen und bewunderten ihr Kleid.

„Das kleine Schwarze von Chanel", meinte Will fachmännisch.

Von Giselher bekamen sie einen kräftigen Händedruck.

Huberta war nur leicht geschminkt, aber ihre Lippen waren auffallend rot. Die Ringe an Ohren und Fingern, die Halskette und das Armband bildeten ein stimmiges Ensemble. Giselher trug einen dunklen Anzug und ein Halstuch.

Als Aperitif tranken sie einen Martini im Stehen. Dann zündete Fritz die Kerzen auf dem Tisch an und dimmte das Licht.

Als ersten Gang gab es Bouchée à la Reine. Huberta und Giselher lobten die Vorspeise und aßen sie mit Genuss.

Im Halbdunkel sieht Huberta noch jünger aus, dachte Fritz. Und dabei hat sie die fünfundfünfzig auch schon hinter sich. Sie hat nach wie vor die Figur einer Achtzehnjährigen, ihr Gesicht kaum Falten.

Schon komisch, was sich im letzten Jahr alles geändert hat, sinnierte Fritz. Obwohl ich Huberta schon seit Jahren kenne, hatten wir nie privaten Kontakt. Und jetzt ist sie meine beste Freundin, die alle dunklen Kapitel aus meinem Leben kennt. Nie mehr möchte ich sie missen, so wertvoll ist sie mir inzwischen geworden. Es hat sich doch gelohnt, offen mit ihr über meine Vergangenheit zu sprechen.

Fritz roch ihr Parfüm, das er nach wie vor nicht definieren konnte. War es Rose oder Maiglöckchen oder Lavendel? Oder alle drei? Oder keines davon? Er wusste es nicht und würde es wohl auch nie herausfinden. Aber das war auch nicht so wichtig. Auf jeden Fall roch sie gut, und der Duft passte zu ihr.

Als sie die Vorspeise beendet hatten, stand Fritz auf, holte einen Brief vom Wohnzimmerschrank und verkündete stolz, dass er eine Überraschung habe.

Dann setzte er seine Brille auf, nahm das Schreiben aus dem Umschlag und las mit zittriger Stimme, denn er war gerührt:

„Sehr geehrter Herr Weiss!

Wir freuen uns, Ihnen mitteilen zu dürfen, dass Ihr Antrag auf Wiedergutmachung anerkannt worden ist und Sie eine Einmalzahlung für die in den nationalsozialistischen Konzentrationslagern Sachsenhausen und Flossenbürg verbrachten Jahre – nach Ihren eigenen Angaben die Jahre von 1938 bis 1945 – erhalten. Der Betrag in Höhe von 5.000 D-Mark wird in den nächsten Tagen auf das von Ihnen angegebene Konto überwiesen. Hochachtungsvoll ..."

Der Brief war handschriftlich unterzeichnet.

Huberta klatschte vor Freude in die Hände, erhob sich und umarmte Fritz.

„Ich freu mich so für dich", triumphierte sie. „Zumindest eine kleine Entschädigung!" Sie betonte das Wort „klein". „Auch wenn sie das, was du alles erlitten hast, nicht gutmachen kann."

Huberta hat recht, dachte Fritz. Die Wiedergutmachung ist eine symbolische Geste. Unter dem, was ich im KZ erlebt habe, werde ich bis an mein Lebensende leiden.

„Ich bin froh", sagte Fritz. „Mein Durchhalten hat sich also gelohnt. Die Briefe, die ich geschrieben habe, die Anträge, die ich gestellt habe, das Vorsprechen bei den verschiedensten Ämtern, die Arztbesuche ... das alles hat sich ausbezahlt."

Als Hauptgang servierte Fritz Canard à l'Orange. Die Ente war, wie sie sein sollte: innen zartrosa und außen knusprig braun. Huberta und Giselher lobten den vorzüglichen Geschmack.

Auch Will sieht heute Abend gut aus, fand Fritz. Die beiden oberen Knöpfe seines Hemds standen offen, und Fritz stierte auf die behaarte Brust, die noch nicht ergraut war, obwohl Will auch schon die fünfzig hinter sich hatte.

Nicht gerade wenig, was wir in den paar Monaten erlebt haben, dachte Fritz. Sonnen- und Schattenseiten. Mein Seitensprung, unsere Besuche in Flossenbürg und Ost-Berlin, das letzte Weihnachtsfest – aber das alles hat uns eher zusammengeschweißt.

„Ich habe noch eine Überraschung", kündigte Fritz an. Huberta und Giselher sahen ihn mit großen Augen an.

„Noch eine Überraschung?"

„Will und ich ziehen zusammen. Er hat seine Wohnung am Kottbusser Damm bereits gekündigt und wird zum Monatsersten bei mir einziehen. Die Wohnung ist ja groß genug. Die letzten Wochen hat Will sowieso mehr Zeit hier als in Neukölln verbracht. Es wird sich für uns beide also gar nicht so viel ändern."

Diesmal blieb Huberta sitzen. „Fritz, Will", sie sah beide abwechselnd an, „wir gratulieren euch zu diesem überfälligen Schritt."

„Und freuen uns, dass ihr euch so entschieden habt", fügte Giselher hinzu. „Viel Glück!"

Dann brachte Fritz den Nachtisch. Es gab Mousse au Chocolat. Während Fritz den steifen Schaum in gleichmäßigen Portionen auf die Teller verteilte, sah er immer wieder zu Will, was dieser jedoch zunächst nicht bemerkte. Als er es dann doch endlich wahrnahm, sah er langsam zu Fritz auf, lächelte ihn an und zwinkerte ihm zu.

Nachwort

In den Jahren 2005 bis 2008 habe ich mehrmals die Gedenkstätten der Konzentrationslager Sachsenhausen und Flossenbürg besucht, in denen der Protagonist von *Zwei Lieben*, Fritz Weiss, sieben Jahre zubringen muss. In diesen Gedenkstätten ist das von Angst und Terror, Hunger und Durst, Krankheit, Folter und Tod geprägte Schicksal und Alltagsleben hunderttausender Menschen, insbesondere auch Homosexueller, detailliert dokumentiert.

Wichtiges Material lieferten mir neben den erwähnten KZ-Gedenkstätten auch die in den Literaturhinweisen aufgeführten Quellen. Besonders hervorheben möchte ich hier die autobiografischen Aufzeichnungen *Die Männer mit dem rosa Winkel* von Heinz Heger (Pseudonym), *Ein erfülltes Leben ... trotzdem. Erinnerungen Homosexueller 1933-1945* von Lutz van Dijk sowie *Einsam war ich nie. Schwule unter dem Hakenkreuz. 1933-45* von Lutz van Dijk und Günter Grau.

Auch verweise ich auf den Film *Paragraf 175* von Robert Epstein und Jeffrey Friedman. Er porträtiert das Leben homosexueller KZ-Überlebender, die ihre Geschichte selbst erzählen. Sie sind die letzten der wenigen Überlebenden, und bald schon werden ihre Stimmen für immer verstummen. Allen Zeitzeugen, allen Autoren und Urhebern dieser Quellen und Materialien gilt mein besonderer Dank. Ohne sie wäre die Entstehung dieses Romans nicht möglich gewesen.

Rainer Vollath
München, im Januar 2010

Literaturhinweise

Adorno, Theodor W.: *Eingriffe*, Frankfurt/Main (Suhrkamp Verlag) 1977.

Benz, Wolfgang/Distel, Barbara (Hg.): *Flossenbürg. Das Konzentrationslager Flossenbürg und seine Außenlager*, München (C. H. Beck Verlag) 2007.

Dijk, Lutz van: *Ein erfülltes Leben ... trotzdem. Erinnerungen Homosexueller 1933-1945*, Reinbek (Rowohlt Verlag) 1992.

Dijk, Lutz van/Grau, Günter: *Einsam war ich nie. Schwule unter dem Hakenkreuz. 1933-45*, Berlin (Querverlag) 2003.

Epstein, Robert/Friedman, Jeffrey: *Paragraf 175*, 2000.

Grau, Günter (Hg.): *Homosexualität in der NS-Zeit – Dokumente einer Diskriminierung und Verfolgung*, Frankfurt/Main (Fischer Verlag) 1993.

Heger, Heinz: *Die Männer mit dem rosa Winkel*, Hamburg (Merlin Verlag) [5]2001.

Heinrich-Böll-Stiftung (Hg.): *Der homosexuellen NS-Opfer gedenken*, Berlin (Heinrich-Böll-Stiftung) 1999.

Herzog, Rudolph: *Heil Hitler, das Schwein ist tot*, Frankfurt/Main (Eichborn Verlag) 2006.

Jellonek, Burkhard: *Homosexuelle unter dem Hakenkreuz. Die Verfolgung Homosexueller im Dritten Reich*, Paderborn (Schöningh Verlag) 1990.

Klüger, Ruth: *Weiter leben*, Göttingen (Wallstein Verlag) 1992.

Kulisiewicz, Aleksander: *Adresse: Sachsenhausen*, (hg. von Claudia Westermann), Gerlingen (Bleicher Verlag) 1997.

Schmidt, Alexander/Skriebeleit, Jörg: *KZ-Gedenkstätte Flossenbürg*, Flossenbürg (Broschüre) 2005.